dear+ novel

Sakurafubuki wa tsuki ni mau 2 bugyou to enma・・・・・・・・・・・・・・・・・

桜吹雪は月に舞う2 ～奉行と閻魔～

宮緒 葵

新書館ディアプラス文庫

桜吹雪は月に舞う2 ～奉行と閻魔～

contents

桜吹雪は月に舞う ～奉行と閻魔～ ……………… 007

桜吹雪は月に舞う ～奉行と人斬り～ ……………… 155

あとがき ……………………………… 254

宮緒 葵「桜吹雪は月に舞う」(イラスト・笠井あゆみ)

人物紹介
明星
(あかぼし)
恵渡《えど》の闇に君臨する大悪党。
本名は月雲十九郎《つくもじゅうきゅうろう》。23歳。
播磨《はりま》の国の小藩・峰山藩《みねやまはん》にて
一族郎党を皆殺しにしお尋ね者に。
右目のみ金色。好文に執着し、
背に梅花《ばいか》の彫り物を
入れている。
統山好文
(とうやま・よしふみ)
永崎奉行・統山鷹文の一人息子。
梅の花のように美しい容姿と
優秀な頭脳を持つ18歳。
現北町奉行。町に下りる時は
遊び人の錦次《きんじ》に扮する。
背に桜吹雪の彫り物を
入れている。

茨木実醇（いばらぎ・さねあつ）

好文の母親がわり。清冽《せいれつ》な美貌に一流の剣の腕を持つ。
鷹文の情人だがこの世で一番大事なのは好文。
鷹文に拾われる前の出自は不明。

統山鷹文（とうやま・たかふみ）

幕政《ばくせい》に絶大な影響力を持つ現永崎奉行。
一人息子の好文のことを掌中《しょうちゅう》の珠と慈《いつく》しむ。
実は実醇以外にも情人多数。

桃若（ももわか）

雪村座《ゆきむらざ》の人気役者。
市井で暮らしていた頃の好文に救われ、
以来好文を慕《した》っている。

「あらすじ」

永崎奉行《ながさきぶぎょう》・統山鷹文《とうやまたかふみ》の嫡男・好文《よしふみ》は、
父と守《も》り役《やく》の実醇《さねあつ》の愛情を一身に受けて育った。
だがある日、その実醇が父親の情人《じょうじん》であると知ってしまう。
傷心のあまり家を飛び出した好文は、
ならず者に襲われたところを金の瞳を持つ男・明星《あかぼし》に助けられる。
好文に一目惚れしたと言う明星のもとに身を寄せ、二人は恋仲に。
市井《しせい》で一年ほどの蜜月を過ごす。
だが統山家の後継者争いにケリを付けるべく家に戻った好文は、
実醇と父の愛情を再確認するとともに
明星がかつて故国で一族郎党を皆殺しにした大罪人だと知らされる。
将軍直々《じきじき》の引き立てにより北町奉行に任じられた好文は、
明星とは道を分かつこととなるが……？

＊詳しくは電子にて配信中のディアプラス文庫「桜吹雪は月に舞う」をご覧ください。

illustration：笠井あゆみ

桜吹雪は月に舞う
～奉行と閻魔～

どろどろに溶けた闇の中、金色の光がちかちかとまたたいている。

明け方の空に抱かれ、輝く星だろうか。ようやく標《しるべ》となりそうなものを見付け、好文《よしふみ》はほっと息を吐いた。

『――忘れるな、好文』

とたん、闇は総髪《そうはつ》の偉丈夫《いじょうぶ》の姿を取り、金色の光はその右目に吸い込まれた。

笑みを滲《にじ》ませる唇がどんなに柔らかく官能的か、荒事《あらごと》に慣れていそうな太い腕がどんなに甘く優しい愛撫をくれるのか、好文は知っている。…広い背中に咲き誇《ほこ》る、梅花《ばいか》の鮮《あざ》やかさまでも。

『どこで何をしていようと、お前は俺の桜の花だ。…俺は一度情人《じょうじん》と決めた男を、絶対に手放さない』

何か答えようとしたが、強張《こわば》った喉《のど》はひくりとも動いてくれなかった。男は笑みを深め、静かに手を差し出す。

一回り以上大きく、ごつごつとしたその手は数え切れないほどの命を奪ってきたし、これからも奪い続けるだろう。でも好文だけは傷付けない。何があろうと、絶対に。

……わかっている。わかっているけれど。

きつく拳《こぶし》を握り締め、好文は首を振った。どれほど心を乱されようと、この手だけは取ってはいけない。何故なら――何故なら、自分は。

にわかに漂い始めた白い霧が、男を包んでいく。差しのべられた手が覆い隠される寸前、好文は弾《はじ》かれたように駆け出し――。

「……明星《あかぼし》……っ……！」

かすれた声が喉奥から溢れた瞬間、白く染まった空間にぴしぴしとひびが入り、粉々に砕《くだ》け散った。好文は何度もしばたたき、虚空《こくう》に伸ばしたまま硬直していた手をゆっくり握り込む。

「……夢、か」

ほの暗い室内を見回すと、自然に溜め息が漏れた。前任の奉行《ぶぎょう》に施《ほどこ》された趣味の悪いしつらえが取り払われ、高位武家にふさわしい清雅《せいが》な調度類でまとめられた座敷は、馴染みつつある役宅《やくたく》の寝所《しんじょ》だ。

昨夜は夕餉《ゆうげ》を取った後も訴《うった》え書《がき》に目を通していたはずだが、その先の記憶がふっつりと途絶えている。おそらく、寝入ってしまったのを見かねた誰かが、寝所まで運んでくれたのだろう。

「好文様。お目覚めでいらっしゃいますか」

絹の褥《しとね》に身を起こしたのを見計らったように、梅の花が描かれた襖《ふすま》の向こうから涼やかな声がかけられた。ああ、と応《いら》えを返せば、漆塗《うるしぬ》りの盥《たらい》を捧《ささ》げ持った麗人《れいじん》が現れる。

恵渡三座《えどさんざ》の名女形《めいおやま》すらかすむ年齢不詳の美貌は、落ち着いた色合いの小袖《こそで》に袴《はかま》を着けていても損《そこ》なわれるどころか、禁欲的な色香を滲ませている。すっと背筋の伸びた端正《たんせい》な立ち姿に、雪白《ゆきじろ》の肌。生きた月季花《げっきか》と見まがうばかりの男が恵渡随一《ずいいち》の剣の遣《つか》い手だと、一目で見抜ける者はほとんど居まい。

「おはようございます、好文様。手水《ちょうず》をお持ちしました」

「…ああ、実醇《さねあつ》…」

まだ重たいまぶたをこすれば、好文の守《も》り役であり剣の師でもある茨木実醇《いばらぎさねあつ》は褥の傍《そば》に膝をつき、盥を置いた。無言で広げられた腕の中に、好文はもぞもぞと収まる。

そっと抱き締められ、赤子の頃から親しんできた匂いを吸い込むうちに、頭の奥にこびりつく夢の残滓《ざんし》は淡雪のように溶けていった。深く呼吸する好文の背中を撫でてくれる手は、母の慈愛に満ちている。

生まれてすぐ母に死なれた好文を、茨木は母親代わりに育ててくれた。生みの母を覚えていない好文にとって、茨木こそが母親だ。…敬愛してやまない父の愛人だと知った今でも、その思いは変わらない。

「…昨日はすまなかったな。重かっただろう」

寝入った好文を寝所に運び、寝間着に着替えさせてくれたのは茨木しか考えられない。この愛情深い男は、元服《げんぷく》も済ませた養《やしな》い子の身の回りの世話を誰にも譲ろうとしないのだ。

「あの程度、どうということはございませぬ。されど、あまり根《こん》を詰められなさいますな。毎日夜ふけまでお役目に励《はげ》まれては、いくらお若くとも身体を損なわれてしまいまする」

「…畏《おそ》れ多くも上様《うえさま》より直々《じきじき》のお声がけを賜《たまわ》り、十八で町奉行に命じられたのだ。力の限り励まなければ上様に申し訳が立たんし、永崎《ながさき》においでの父上のお顔にも泥《どろ》を塗ってしまうだろう」

嘘ではないが、本当のことだけを述《の》べているわけでもない。ちり、と胸が疼《うず》いた。わざわざ奉行所から持ち帰ってまで務めに励むのは、あの男の面影を封じ込めるためでもあるのだ。

「凶賊《きょうぞく》・不知火《しらぬい》の彦三《ひこぞう》とその一味を捕縛《ほばく》された折、上様からはお誉めの言葉を賜ったではございませぬか。永崎の殿も、たいそうお喜びでした。好文様がお役目に邁進《まいしん》されるあまり病《やまい》でも得られたら、どれほど悲しまれることか…」

「…だが…」

「好文様は殿の掌中《しょうちゅう》の珠《たま》。今や上様のご期待篤《あつ》い北町奉行、統山左衛門尉《とうやまさえもんのじょう》であられるのです。この実醇も微力《びりょく》を尽くしてお支えいたしますゆえ、まずは御身《おんみ》を大切になさって下さいませ」

切々《せつせつ》と訴えられれば、好文も頷かざるを得なかった。おそらく茨木は勘づいている。好文が未だあの男を心に住まわせていることを。その上で、養い子を日の当たる世界に留めようとしているのだ。

好文はのろのろと茨木から離れ、手水で顔を洗った。手早く朝餉《あさげ》を済ませ、統山家の紋《もん》の入った裃《かみしも》に着替える。最後に茨木の手を借りて髷《まげ》を結《ゆ》い直せば、北町奉行・統山左衛門尉好文の完成だ。

茨木が差し出してくれた鏡には、名高い美姫《びき》だった亡き母に生き写しだという顔が映っている。早春に花開く紅梅《こうばい》の如《ごと》き芳潤《ほうじゅん》な気品に満ち溢れた美少年とは、茨木の弁だ。

弱冠、十八歳の町奉行――普通ならまずありえない話だ。

恵渡の民《たみ》の治安を守る町奉行は、南北それぞれ一人きり。激務ではあるが、絶大な権力と、政《まつりごと》に対する影響力を一手に握るお役目である。およそ五千騎ほど存在する旗本《はたもと》の中でもずば抜けて高い能力と、相応の家柄に生まれついた者しか到達出来ない出世の頂点だ。

好文は譜代《ふだい》の大身《たいしん》旗本、統山家の嫡男《ちゃくなん》として生まれた。父の鷹文《たかふみ》は若くして立身出世を重ね、今は永崎奉行を拝命《はいめい》している。

外《と》つ国《くに》との数少ない貿易拠点である永崎の地を預かる永崎奉行は、遠国《おんごく》奉行の中でも随一の権限と利権を有する重職だ。もう一人の奉行と交代で遠い西海道《さいかいどう》に赴任《ふにん》しなければならないが、その権威は並の大名を凌駕《りょうが》する。

家柄と後ろ楯《だて》という点では、好文は同年代の武家の誰よりも恵まれていると言っていいだろう。武芸は茨木から人並み以上に仕込まれたし、秀才の名声をほしいままにした父の頭脳をわずかなりとも受け継いだ自信もある。

だが元服を済ませたばかりの十八歳、しかも家督《かとく》を継いだわけでもないただの小僧だ。にもかかわらず一足飛びに町奉行に抜擢《ばってき》されたのは、ある男との出逢いがきっかけだった。

一年と数ヵ月ほど前、好文は父の鷹文が母親代わりの茨木と閨《ねや》を共にしている光景を目の当《ま》たりにしてしまい、衝動のまま邸《やしき》を飛び出した。それぞれ誰よりも好文を愛し、慈《いつく》しんでくれているはずの二人が、好文よりも互いを思っているのだと信じ込んでしまったのだ。

世間知らずの箱入り息子はあっという間にならず者に目をつけられてしまったが、危ういところを明星と名乗る男に助けられた。

その名の通り、明けの明星《みょうじょう》のような金色の右目と鍛《きた》え上げられた長身を持つ印象的な男は寄《よ》る辺《べ》の無い好文を懐《ふところ》に入れ、親身になって世話をしてくれた。甘い父のもと、溺愛《できあい》されて育った好文が町人の錦次《きんじ》として恵渡の町に溶け込めたのは、間違い無く明星のおかげだ。

やがて明星から告げられた愛を戸惑いながらも受け入れ、肌も許した。桜の花をことのほか好む明星が俺の桜の花だと甘く囁いてくれるのが嬉しくて、勧められるがまま桜吹雪《さくらふぶき》の彫《ほ》り物を背中に刻《きざ》んだ。そして明星は好文の名の由来でもある梅花の彫り物を。…思えばあの頃の自分は、初めての恋に酔いしれていたのだろう。

酔いは必ず醒《さ》める時が来る。ある事件をきっかけに好文は二度と帰らぬつもりだった実家に戻り、そこで明星の正体を知るに至った。好文に見せていた姿は全てが偽《いつわ》り。その、本当の姿は…。

呆然自失に陥《おちい》った好文は父と茨木の真実を知らされ、錦次から統山家の跡継ぎに戻った。一年もの間行方不明だった息子を父は一言も責めず、永崎から無事を喜ぶ文をくれた。それから間も無く恵渡城に召し出され、将軍直々に北町奉行に任じられたのである。

何と当代…十代将軍七條光護《しちじょうみつもり》とは、錦次として町で出逢っていたのだ。

その時から好文を武家の子弟と見抜いていた光護は、永崎奉行である鷹文の嫡男だと知るや、空席となった北町奉行の座を好文にあてがうことにした。

その時、前任の奉行が『病死』していたのは偶然ではない。父鷹文が永崎から手を回したのだ。たった一人きりの可愛い息子に、ふさわしい栄華の道を贈るために――そして好文を通じ、己が中央の政に食い込むために。

様々な思惑のもと、好文は幕府最年少の町奉行となり、就任《しゅうにん》早々に悪名高い凶賊、不知火の彦三を捕らえるという手柄をあげた。

光護も鷹文も喜んだが、あれは好文の力ではない。自分以外の誰も知らないからこそ、一日も早く一人前の町奉行にならなければいけないのだ――。


北町奉行所の敷地内にある役宅は、そのまま町奉行の執務所《しつむしょ》となる。支度を整えた好文は、茨木と五人の内与力《うちよりき》たちと共に今日の務めを始めた。

町奉行所には捕《と》り物や治安維持を担当する同心《どうしん》やその上役《うわやく》である与力が数十人ほど存在するが、彼らは町奉行所に所属しており、頭役《あたまやく》の町奉行が交代しても辞めたり異動したりすることは無い。

対して内与力は町奉行自身の家臣であり、奉行と運命を共にする。親子代々町奉行所に出仕《しゅっし》してきた海千山千《うみせんやません》の与力や同心たちは自分たちこそが捕り物の専門家であると高い矜持《きょうじ》を持ち、奉行とはいえ素人《しろうと》の命令に素直に従う者ばかりではないため、奉行の手足となって働く者がどうしても必要になるのだ。

町奉行が彼らの俸禄《ほうろく》を負担する限り、何人でも内与力を伴《ともな》って良いのが暗黙の了解だ。父の鷹文はもともと内与力として町奉行所に入っていた茨木に加え、さらに五人、俊英《しゅんえい》揃いの統山家の家臣でも選《よ》りすぐりの者たちを好文に付けた。

好文が町奉行として幕府に重きをなすための、頭脳集団だ。年齢は様々だがいずれも美形なので、町奉行所の役人たちからは二枚目軍団などと呼ばれているらしい。

まがりなりにも町奉行として過不足無くお役目をこなせているのは、彼らのおかげだ。纏《まと》め役である茨木との間が少々ぎこちないのは気になるが、これといった問題が起こらず、お役目に差し支えが出ていない以上は静観《せいかん》すべきだろう。

「御奉行《おぶぎょう》。高江忠三郎《たかえちゅうざぶろう》が目通りを願い出ておりまするが、いかがなさいますか？」

昨日のうちに運び込まれた大量の訴え書に目を通していると、外に出ていた茨木が恭《うやうや》しく言上《ごんじょう》した。改まった口調は、執務の間《ま》には五人の内与力たちも居るせいだ。

「高江が？　何かあったのか？」

高江忠三郎は好文が町人の錦次として暮らしていた頃に見かけ、陰ひなた無い働きをひそかに評価していた同心だ。閑職《かんしょく》に追いやられていたが、好文に引き立てられ、今では好文派の一人としてまめまめしく働いてくれている。

とはいえ御目見《おめみえ》以下の御家人《ごけにん》である同心が高位旗本の町奉行のもとを訪れることは、めったに無い。

「はい。どうしても御奉行のご判断を仰《あお》ぎたい事件が出来《しゅったい》したゆえ、無礼を承知で参ったそうにございまする」

「そうか。…ならば会おう」

好文は読み終えた訴え書を内与力たちに託し、茨木と共に対面用の座敷へ向かった。ここに通してもいいのだが、内与力たちに囲まれては、高江も居心地が悪くてたまらないだろう。

「御奉行…お忙しいところお出ましを頂き、まことに、まことに申し訳ございませぬ…！」

好文が上段《じょうだん》の間に現れると、下段に控えていた高江が畳《たたみ》に額を擦《こす》り付けた。好文は首を振り、顔を上げるよう促《うなが》す。

「構わん。何かあったら遠慮なく参れと言ったのは俺だからな。…それより、もっと近くに寄ったらどうだ。そんなに離れていては話しづらいだろう」

「は、…しかし…」

高江は好文の傍《かたわ》らに控えた茨木を恐々と窺った。茨木が氷の花のような容姿に反した凄腕《すごうで》の剣士であることは、不知火の彦三の捕り物の一件以降、知らぬ者は居ない。愛《いと》しい養い子に無礼を働く者には、一切の容赦《ようしゃ》をしないことも。

「実醇なら大丈夫だ。ただ近付いたくらいでは何もしない。…そうだな？」

「御奉行に危険が及ばないのでしたら」

苦笑しながら問えば、茨木は無表情のまま頷いた。

高江は実直そうな顔を引きつらせつつも、一間《けん》ほど上段ににじり寄る。まだまだ距離は近いとは言いがたいが、これが高江の限界なのだろう。

「それで、何があった？　俺の判断を仰ぎたいそうだが」

「はっ。…それが今朝、何とも奇妙な訴えが持ち込まれ、我ら同心一同困り果てておりまする」

訴え出てきたのは弐本橋《にほんばし》の薬種問屋《やくしゅどんや》、駿河屋《するがや》の主人卯兵衛《うへえ》だそうだ。駿河屋と言えば永崎貿易にも絡《から》む豪商であり、西海道からの船が恵渡に到着するたび倉が千両箱で埋《う》め尽くされるとまことしやかに噂されている。

恵渡有数の豪商が持ち込んだという訴えの内容に、好文はもちろん、茨木までもが目を瞠《みは》った。

「――息子を閻魔《えんま》に喰い殺されたかもしれない、だと？」

正気か、と思ったのが伝わったのだろう。高江は渋面《じゅうめん》で頷いた。きっと奉行所にも、同じ顔が溢れているに違いない。

「駿河屋卯兵衛、私が応対した限りではいたって正気にございました」

卯兵衛によれば、ことの始まりは三日前の黄昏時《たそがれどき》。

卯兵衛の生まれたばかりの息子、幸吉《こうきち》を背負った乳母は家路を急ぐ途中、焔王寺《えんおうじ》の前を通りがかった。するとおとなしく眠っていた幸吉がにわかに泣き出したのだそうだ。

乳母は懸命にあやしたが泣きやまない。途方にくれた時、ふっと背中が軽くなり、泣き声も途絶えた。不審に思った乳母が振り返ると、おぶっていたはずの赤子はこつぜんと消えていたという。

嫌な予感に襲われた乳母は、焔王寺に駆け込んだ。焔王寺は神君光嘉公《しんくんみつよし》の時代より続く名刹《めいさつ》であり、一丈《じょう》六尺《しゃく》（約五メートル）の大きさを誇る閻魔像でも有名だが、その閻魔像には不吉な言い伝えがあるからだ。

遠い昔、母親におぶわれていた赤子が焔王寺の前で泣き始め、あやしても泣きやまなくなってしまった。困り果てた母親が『そんなに泣いてばかりいると、そこの閻魔様に喰われてしまいますよ』と叱り付けた瞬間、赤子は姿を消した。半狂乱になって探した母親は、閻魔像の口から赤子のおんぶ紐《ひも》がぶら下がっているのを見付け、我が子は閻魔像に喰い殺されたのだと嘆《なげ》いた――という何とも血なまぐさい言い伝えである。

有名な話だから、恵渡の民なら知らぬ者は居ないだろう。好文も幼い頃、父に話して聞かされた覚えがある。

焔王寺の前で消えた幸吉に、乳母が言い伝えを重ねたのは当然だろう。果たして、境内《けいだい》の閻魔堂に安置された閻魔像は、幸吉を包んでいたおくるみを咥《くわ》えていた。

卯兵衛が可愛い息子のために誂《あつら》えさせた、魔除《まよ》けの刺繍《ししゅう》入りの絹のおくるみだ。他人のものではありえない。

『坊っちゃんが、焔王寺の閻魔に喰われてしまった！』

混乱した乳母が泣き帰った時、卯兵衛は最初、まともに取り合おうとはしなかったそうだ。幸吉は怨恨《えんこん》か身代金目当てにかどわかされたのを、錯乱した乳母が閻魔に喰われたと思い込んでしまったのだと。何せ恵渡随一の大店《おおだな》、恨みを買う覚えは山ほどある。

卯兵衛は大枚《たいまい》を惜しみ無くばらまき、多くの人手を動員して恵渡じゅうを探し回らせた。真っ先に町奉行所に助けを求めなかったのは、下手に犯人を刺激すれば幸吉が殺されてしまうかもしれないと判断したからだろう。界隈《かいわい》を仕切る岡《おか》っ引《ぴ》きの親分たちにまで、協力を願ったそうだ。

だが幸吉はいっこうに発見されず、幸吉らしい赤子の骸《むくろ》がどこかの河岸に上がったとも聞かない。怨恨にせよ身代金目当てにせよ、かどわかしなら犯人が何らかの形で連絡をよこすはずなのに、それらしきものも無い。幸吉が消えたのは黄昏時とあって、目撃者もほとんど居ない。何の手がかりも得られぬまま三日が経《た》ち、卯兵衛は初めて、我が子は本当に閻魔に喰われたのかもしれないと思うようになった。人の仕業《しわざ》であれば、必ず形跡《けいせき》が残るはずだからだ。犯人が閻魔にせよ図抜《ずぬ》けた悪知恵の主《ぬし》にせよ、こうなった以上はもはや町奉行所に縋《すが》るしかない。卯兵衛はそう決断し、一刻ほど前、町奉行所を訪れたのだそうだ。

と言うのも――。

「閻魔…閻魔大王は死者を裁《さば》く地獄の判事。町奉行は恵渡の罪人を裁く、人の子の判事。同じ判事であられるのなら、英雄奉行と名高い統山左衛門尉様であれば閻魔からも我が子を取り返して下さるのではないかと、そう、卯兵衛は申しておりまして…」

「……世迷《よま》い言《ごと》を」

気まずそうな高江を、茨木が冷ややかに見下ろした。好文が絡めば、茨木の舌鋒《ぜっぽう》はその剣の冴《さ》えよりも鋭くなる。

「一旦は己の手で内密に収めようとしておきながら、首尾《しゅび》良くいかなかったからと言って、愚《ぐ》にもつかぬ理屈をこねて御用繁多《ごようはんた》な御奉行に縋ろうとは。身勝手にもほどがあろう」

「は…、内与力様のお怒りはもっともと存じまするが、我らとしましても、民からの訴えを無視するわけにもゆきませず…」

「だからと申して…」

「――よい、実醇」

まなじりを吊り上げてもなお美しい母親代わりを、好文はさえぎった。

「高江の言い分はもっともだ。我らのお役目は、民の訴えに耳を傾けること。…高江、よく報《しら》せてくれた。礼を言うぞ」

「も…、もったいないお言葉、恐悦至極《きょうえつしごく》に存じまする…！」

感じ入った高江は目を潤《うる》ませ、がばりと平伏した。生真面目な部下が気恥ずかしそうに起き上がるのを待ち、好文は問いかける。

「気になったのだが…幸吉は何故、乳母一人付けただけで外に連れ出されていたのだ？　駿河屋ほどの大店の跡取りなら、安全な邸の中で、何人もの世話役に囲まれているものだろう？」

「は…、それが卯兵衛は先代主人に才覚を見込まれた婿《むこ》養子にて。幸吉は正妻のお澄《すみ》の実子ではなく、妾《めかけ》に産ませた子だそうにございます」

卯兵衛とお澄の夫婦仲は冷えきっているそうだ。高江がここに来る前に配下の岡っ引きを走らせ、駿河屋のお家事情を軽く探らせたところ、原因はどうもお澄にあるらしい。家付き娘を鼻にかけ、卯兵衛を下僕のごとく扱っていたというのだ。

そのせいか、夫婦になって十年が経っても、二人の間には子が出来なかった。だが卯兵衛が高慢な妻に嫌気が差し、癒《いや》しを求めて別宅《べったく》に妾を囲うと、若い妾はすぐに身ごもり、幸吉を産んだ。

有頂天《うちょうてん》になった卯兵衛は幸吉を駿河屋に連れ帰り、跡取りにすると宣言した。

当然ながらお澄は猛反対したが、駿河屋を今の身代《しんだい》にまで成長させたのは卯兵衛だ。先代もとうに亡《な》い。ほとんど味方の居ないお澄は、最後には渋々ながらも折れて幸吉を受け容《い》れたが、生母の妾が駿河屋に入ることだけは断固拒否したという。

無理に押し通せばいびり殺されかねないとでも思ったのか、卯兵衛はお澄の意向を尊重した。だが母親が生まれたばかりの子に会えないのはあまりに不憫《ふびん》だとも考え、時折、乳母に命じて別宅の妾のもとに幸吉を連れて行かせていたのだ。幸吉が消えたのは、母に会った帰りだったのである。

「幸吉が閻魔に喰われたのは己のせいだと、妾は泣き暮らしているそうにございます」

「そうか。…哀れな」

ちらと茨木を窺い、好文は居住まいを正した。犯人が人の子だろうと閻魔だろうと、町奉行のなすべきことは一つだけだ。

「皆に命じる。改めて駿河屋の周辺を探れ。特に、お澄とその周りは念入りにな」

「はっ」

高江はいちいち理由を尋ねたりはしない。幸吉が閻魔に喰われたのではなくかどわかされたのだとしたら、真っ先に怪しむべきはお澄だと、少し考えれば誰でもわかる。

「それから、焔王寺の閻魔堂も調べろ。駿河屋たちが見落とした手がかりに、其の方《そのほう》たちなら気付けるかもしれん」

「承知いたしました。では、さっそく」

高江は一礼し、いそいそと引き上げていった。

黒い羽織の背中はやる気に満ちている。前の奉行のもとではろくに捜査にも関わらせてもらえなかったから、奉行直々の指示を受けて動けるのが嬉しくてたまらないのだろう。

「…駿河屋の訴えを聞き入れたこと、気に入らないか?」

好文の問いに、茨木は首を振る。

「御奉行のご判断に私が否《いな》やを唱《とな》えるなどありえませぬ。ただ…」

「駿河屋が俺を低く見ていたのが不満なだけ、か？」

子どもが行方知れずになれば、普通の親なら真っ先に町奉行所を頼る。卯兵衛がそうしなかったのは、私費《しひ》で大量の人手を動かせるだけの財力があり、本人も申し立てた通り、町奉行所に訴え出ればかどわかしの犯人を刺激しかねないと判断したのもあるだろう。

だがその心底《しんてい》には、北町奉行に対する不信と侮蔑《ぶべつ》もあったはずだ。好文ではなく前任の北町奉行、石野安房守《いしのあわのかみ》に対してである。

先々代…名君《めいくん》の誉《ほま》れ高き八代将軍光彬《みつあき》公の改革により、幕臣《ばくしん》は家柄や血筋に関係無く、その能力によって引き立てられる風潮《ふうちょう》が当たり前のものとなりつつある。父の鷹文が異例の速さで昇進を重ねたのも、光彬公のおかげだろう。

しかし、光彬公の能力主義に適応出来なかった者も数多い。才を持ちながら報《むく》われなかった者たちが引き上げられる一方で、家柄と血筋のみを恃《たの》みとする者たちは没落《ぼつらく》していった。安房守が支配する北町奉行所は、そういった者たちの吹き溜まりでもあったのだ。

好文の就任前、北町奉行所には奉行の権威をかさに役得《やくとく》に溺《おぼ》れ、民を苦しめる者が半数を占めていた。安房守は鷹文の謀略《ぼうりゃく》によって腹を切らされたが、駿河屋を初めとした町人たちには未《いま》だ安房守時代の記憶が色濃く残っているはずだ。

だから卯兵衛は切羽詰《せっぱつ》まるまで町奉行所に頼ろうとしなかったのだと、好文にも想像はつく。茨木が苛立っているのは、そのせいだということも。

茨木は長いまつげにふちどられた双眸《そうぼう》をしばたたいた。

「…お気付きならば、何故《なにゆえ》…」

「俺も安房守も知らない民にとっては、どちらも同じ北町奉行だ。安房守の仕出《しで》かした不始末に対する不満は、俺が引き受けなければならない。…それに…」

好文は堅苦しい肩衣《かたぎぬ》をむしり取り、茨木の膝を枕代わりにごろりと寝転がった。茨木は柳眉《りゅうび》をかすかに寄せつつも膝の力を抜き、好文が寝やすいようにしてくれる。

「生まれたばかりの子を失った卯兵衛の妾が、哀れでならないのだ。…もしこれがお前だったらと思うと、な」

「好文様…」

飛ぶ鳥を落とす勢いで出世を重ねた父は味方も多いが、同じくらい敵も多かった。父を妬《ねた》んだ政敵たちの放った刺客から片時も離れず好文を守ってくれたのは、茨木だ。

もしも好文が刺客の手にかかれば、実の母親より愛情深いこの男は嘆《なげ》き悲しんだに違いない。…卯兵衛の妾のように。

「…私なら、たとえ閻魔が相手でも、むざむざと好文様を奪われはしません。犯した罪にふさわしい苦痛を与えてから、この手で斬り刻みます」

物騒《ぶっそう》な内容と裏腹に、好文の頬を撫でてくれる手はひどく優しい。

元服し、北町奉行のお役目に就《つ》いても、好文が好文である限り、茨木は何者からも守ってくれるに違いない。閻魔でも……鬼神《きじん》の如き剣の遣い手でも。

「ああ。…だが、幸吉にはお前が居ない。きっと今頃、母親を恋しがって泣いているだろう」

「…好文様は、幸吉がまだ生きているとお考えですか?」

「閻魔像に喰われたなどと、俺は信じない。幸吉は人の手によってかどわかされたのだ。卯兵衛に対する恨みを晴らすのが目的ならさっさと殺し、発見されやすい場所に骸を放置するだろうからな」

大昔の言い伝えも、父に聞かされた時には震え上がったものだが、何かの事件に巻き込まれたのを都合良く閻魔像のせいにしただけだと今では考えている。

神仏《しんぶつ》よりも生きた人間の方が恐ろしいと、あの男に教えられたから。焔王寺の閻魔も、とんだ濡《ぬ》れ衣《ぎぬ》を着せられたものだ。

「幸吉がまだ生きている可能性は、じゅうぶんにある。ならば一刻も早く見つけ出し、親元に返してやりたい。…力を貸してくれ、実醇」

「私の全ては好文様のものにございます。いかようにもお役立て下さいませ」

紅く色付いた唇に、好文にしか見せない笑みが滲んだ。

あと半刻《はんとき》もすれば黄昏時だというのに、賑々《にぎにぎ》しい恵渡の町から人が減る気配は無い。ほうぼうの店先から飛び交う呼び込みや担《かつ》ぎ売りの掛け声、時折あちこちの御国訛《なま》りが交じるざわめき…活気に満ちた空気を吸い込むと、懐かしい気持ちになった。恵渡の町中で過ごしたのはたった一年ほどに過ぎないのに、不思議なものだ。あの男の存在感がそれだけ圧倒的だった証《あかし》だろうか。

「よしふ…、…錦次。どちらに向かわれるおつもりですか？」

隣に並んだ茨木がひそめた声で問う。

浪人風の粗末《そまつ》な小袖と袴姿でも隠しきれない美貌をかすかに歪《ゆが》めているのは、役宅を出てからこの弍本橋までの四半刻《しはんとき》にも満たぬ間に、何人もの若い女子《おなご》から付け文を押し付けられそうになったせいだろう。

「まずは焔王寺だな。手がかりがあるとすればもうあそこしかねえ」

応じる好文もまた、常とは違ういでたちだ。緩《ゆる》めに着付けた縞《しま》の小袖に麻の葉柄の帯を締め、髪は小銀杏《こいちょう》に結い、裸足《はだし》に草履《ぞうり》をつっかけている。

父から贈られた愛用の脇差は茨木に預け、代わりに煙草《たばこ》入れをぶら下げていた。どこからどう見ても町人、あちこちの盛り場を渡り歩く遊び人だ。一年前はいつもこんな格好で、恵渡の町をそぞろ歩いていた。ただの町人の錦次として…あの男と共に。

「承知しました。…では、参りましょう」

頷く茨木と並び、好文は久しぶりに恵渡の雑踏を泳ぎ始めた。北町奉行とその右腕たる内与力が身をやつし、供《とも》も連れずに役宅を出て来たのにはもちろん理由がある。

好文の命《めい》を受け、高江たち同心はさっそく駿河屋の周辺を探ったが、取引相手や客の中に幸吉のかどわかしを企《たくら》みそうな者は居なかった。もちろん全く恨みを買っていないわけではないが、生まれたばかりの赤子を犠牲《ぎせい》にしてまで復讐を望むほどの恨みではない。

同心たちの疑いは、正妻のお澄に集中した。

何と言ってもお澄には、幸吉を恨む理由がある。しかも幸吉に付けられた乳母は、お澄が己の縁者から選んだというのだ。お澄の手先と言っていい。二人が手を組めば、幸吉をかどわかしと見せかけてどこかで殺すことも可能なのだ。

だが、そう断定するには証拠が無い。あの日幸吉を最後に見たのは、別宅で見送った母親の妾だ。

そこから弌本橋の駿河屋までの四半刻足らずの道のりの間に、乳母に背負われた幸吉を目撃した者は、今のところ見付かっていない。当然、幸吉が閻魔に『喰われた』瞬間に居合わせた者もだ。

同心たちはお澄と乳母も取り調べたが、お澄は『汚らわしいあばずれの子が閻魔様の罰を受けただけ』と言い放ち、乳母はただ混乱してわけのわからないことを呟くだけで、まともな会話は望めなかったという。

二人が事件に関わった確《かく》たる証拠が無い以上は奉行所にしょっぴいて厳しいお調べにかけることも出来ず、捜査は暗礁《あんしょう》に乗り上げてしまった。

そこで好文は遊び人の錦次に扮《ふん》し、自《みずか》ら幸吉を捜索することにしたのだ。むろん高江たち同心は必死に新たな手がかりを探し回っているし、彼らを信じていないわけでもない。

だが高位旗本の子として生まれ、町人としても暮らしていた好文なら、同心や駿河屋たちとは別の視点で動ける。捜す視点が増えれば集まる手がかりも増え、幸吉の生還に繋がるに違いない。

そう主張した好文を、茨木は止めなかった。それどころか、自ら護衛を買って出たのだ。

このところろくに他出《たしゅつ》もせずお役目に励み続ける養い子を心配したのか、少しは信頼を取り戻せたのか…おそらくは両方だろう。茨木が付いていてくれれば、何があろうと命の危険は無い。

駿河屋は繁華な弐本橋でも最も賑わう目抜き通りに店を構え、妾の住まう別宅は大人の足で四半刻ほどの距離にある。

焔王寺はちょうどその中間くらいに位置しており、好文たちはほどなくたどり着いた。近隣にある将軍家の菩提寺《ぼだいじ》ほど大きくはないが、よく手入れされた杜《もり》に囲まれた境内は神君光嘉公以来の名刹にふさわしい荘厳《しょうごん》な空気を漂わせている。

「閻魔堂でしたら、そちらの松の木の向こうにございますが…本当にお参りされるのですか?」

境内を掃《は》き清めていた小坊主に閻魔堂の場所を尋ねると、小坊主は茨木に見惚《みと》れた後、幼さの残る顔に驚きを滲ませた。

「ああ、そのつもりだが…そんなに驚くようなことかい? 焔王寺の閻魔様は有名だから、きっとお参りも多いだろう?」

「いえいえ、とんでもない。焔王寺の閻魔は人喰い閻魔じゃと言われ、檀家《だんか》の方々すら寄り付きませぬ。私は去年からこちらのお世話になっておりますが、閻魔堂に詣《もう》でられるお方を見たのは、貴方様《あなた》がたが三人目にございます」

同じ時期に入った小坊主は他にも何人か居るのだが、みな閻魔像を怖がるので、仕方無くこの小坊主が掃除などを引き受けているという。幸吉が見付からなければ、人喰い閻魔の悪名《あくみょう》は高まる一方だろう。

礼を言って閻魔堂に向かい、好文と茨木は顔を見合わせた。めったに詣でる者など居ないはずの御堂《おどう》の前で、男が一人、熱心に祈っているのだ。

小坊主が見かけたという三人のうちの一人だろうか。算木崩《さんぎくず》しの小袖を粋《いき》に着流した後ろ姿は遠目にも背が高く、体格もいいが、肉体労働者には見えない。それにあの少しだけ丸まった背中、どこかで見覚えが…。

「……神様仏様閻魔様、一度だけでもいいんです。錦さんと会わせて下せえ」

「ん……？」

ぱんっ、と掌《てのひら》を打ち鳴らした男の声が聞こえてきた。低く艶《つや》のある、役者のようにいい声だ。

……ような、ではない。ひょっとして、あの男……。

ぱちぱちとしばたたく好文の耳に、茨木がそっと唇を寄せる。

「よ…、錦次の知り合いですか？」

「いや、もしかしたらだが…あいつは…」

神社でもないのに柏手《かしわで》を打ち、振り返った男と目が合った。若い娘から年増《としま》の後家《ごけ》まで夢中にさせる、愛嬌《あいきょう》と魅力が咲きこぼれるような顔が、ぱあっと輝く。

「き、きっ、きっ、錦さんんんん！」

「お前、やっぱり桃若《ももわか》…」

「あ、あ、あ、会いたかったあぁぁぁぁ……！」

久方《ひさかた》ぶりに主人に会えた大型犬さながら、桃若はすさまじい勢いで突進してきた。その手が好文に届く寸前、茨木は無言で鯉口《こいくち》を切る。

「…誰だ、貴様は」

「ひぃぃっ⁉」

目にも留まらぬ速さで抜き放たれ、ひたと首筋を捉えた白刃《はくじん》——その鋼《はがね》の冴えよりも鋭い殺気を浴びせられ、桃若は震え上がった。それでも無様にへたり込んでしまわないのは、満員の

観客に鍛えられた看板役者の面目躍如《めんもくやくじょ》か。

「き、錦さん、助けて下せえよぉ……」

「…実醇、退《ひ》け。そいつは俺が町に居る間、付き合いのあった奴だ。そんなんでも雪村座《ゆきむらざ》の看板役者で、名は桃若。悪い男じゃねえよ」

涙目で縋られ、好文ははあっと息を吐きながら命じた。

つかの間、茨木は眼差しを強めたが、桃若がひいっと顔を青ざめさせると、刀を鞘《さや》に収める。不審ではあるものの人畜無害、そう判断したらしい。

「すまなかったな、桃若。こいつも悪気があったわけじゃねえんだ。許してやってくれ」

「へ、へい…それはもう…」

桃若は頷きながら袖口《そでぐち》でごしごしと目を拭《ぬぐ》った。黒々としたその目から、大粒の涙が溢れ出る。

「き…っ、きっ、き、錦さん…」

「どうした。さっきからそればっかりじゃねえか」

「だ、だって錦さん…、おいらが錦さんをどんだけ捜して…、あ、会いてえと思ってたか…っ…」

糸が切れた人形のようにしゃがみ込んだ桃若が、好文の脚にしがみつき、おいおいと泣き出した。ぴくりと眉を震わせた茨木を、好文は眼差しで止める。

「…心配させちまったな」

嗚咽《おえつ》に上下する背中をぽんぽんと叩いてやれば、桃若はしがみついたまま首を振った。

「い、いいん、でさ。…こうしてまた、会えたから…っ…」

子どものように泣きじゃくる桃若は、今でこそ人並み以上の長身でそれなりに体格もいいが、ほんの一年と少し前は好文よりも華奢《きゃしゃ》で線の細い少年だったのだ。

邸を飛び出した後、好文はひょんなことから宮地芝居《みやちしばい》の一座・雪村座と関わりを持った。宮地芝居とは幕府から興行の許しを得た恵渡三座と違い、陽ノ本《ひのもと》各地の寺院に寄進と引き換えに小屋を張る芝居一座のことである。

桃若は雪村座の大部屋役者で、芝居だけでは食べてゆけずに陰間《かげま》として春をひさいでいたのだが、客の一人に斬られ、重傷を負ってしまった。よりにもよって、兄貴分の役者が大舞台に上がる機会をくれたその日にである。

だが、たまたま居合わせた好文が代役を買って出たおかげで、桃若は治療に専念し、役者として復帰も叶った。もしも好文に助けられなければ一座を追い出され、どこかでのたれ死んでいたかもしれない。

感激した桃若は好文を命の恩人と慕《した》い、崇《あが》めるようになったのだ。身体が急激に成長し、数多《あまた》の観客を魅了する名立《たや》ち役《く》になっても。

好文もそんな桃若を可愛く思っていたので、何のあいさつも出来ぬまま実家に戻ってしまったことはずっと気にかかっていた。

しかし、町奉行と役者では天と地ほどに身分が違う。二度と会えないだろうと半《なか》ば諦めていたのに、まさかこんなところで再会を果たそうとは…。

「お前、ずっと俺を捜してくれてたのか？」

こくり、と桃若は頭を上下させた。

「いきなり錦さんが居なくなって、菊之丞《きくのじょう》さんに聞いても何も知らないって…。明星の旦那も、ふっつりと姿を見せなくなっちまったし…」

菊之丞は好文とも交誼《こうぎ》のある雪村座の女形《おんながた》役者だ。面倒見が良く、桃若に大舞台を踏ませてやろうとしていたのも菊之丞である。

――明星は、お前のところにも来ていないのか？

喉元までせり上がった問いを、好文は無理やり呑み込む。

「こうなりゃもう神頼みしかねえってんで、ここんとこずっとこちらの閻魔様に詣でてたんでさ。…閻魔様なら、た、たとえ錦さんがあの世に逝《い》っちまってたって、会わせて下さるかもしれねえって…まさか、生きてまた会えるなんて…」

ぐすぐす泣く桃若を、大げさなと笑う気にはなれなかった。光彬公の尽力《じんりょく》によってさらなる発展を遂げた恵渡には、陽ノ本各地から人が集まり続けている。何の接点も無い桃若と好文がこうして巡り会えたのは、僥倖《ぎょうこう》としか言いようが無い。

これも、閻魔のご利益《りやく》ということか？

桃若が必死に願掛《がんか》けしていた閻魔堂は、他に参拝客の姿も無くひっそりと静まり返っているが、唐破風《からはふ》を備えた典雅《てんが》な霊堂だった。

想像よりもずいぶんと大きい。開け放たれた扉の奥は薄暗く、ここからはよく見えないが、あの奥に安置されているのだ。恵渡の民から人喰いと恐れられ、幸吉も喰ったと言われる閻魔像が。

……うん？　そういえば今、桃若は……。

「…なあ、桃若。お前、ここんとこずっと閻魔堂に詣でてるんだよな。四日前にもこの頃合いに来たのか？」

好文がわざわざ黄昏時を選んで焔王寺を訪れたのは、幸吉が消えたのと同じ時間帯に現場を確認したかったからだ。桃若もいつもこの頃合いに閻魔詣でをしているのなら、何か目撃したかもしれない。

「…来てやしたが…」

「だったら、ここで赤子を連れた女を見なかったか？」

好文が高江から聞いた乳母の背格好を説明しようとすると、桃若は涙に濡れた双眸《そうぼう》をきょとんとまたたかせた。

「錦さんが、何でそんなことを気になさるんで？」

「何でって…」

適当な言い訳が見付かる前に、桃若はたたみかける。

「それに、身なりは粗末《そまつ》ですが、そちらのとんでもなく綺麗な御仁《ごじん》はかなりの御家《おいえ》のご家臣とお見受けしやした。そんな御仁が何故、錦さんに付き従ってらっしゃるんで？」

富裕な商人や高位武家の支援者も少なくない桃若は、人を見るのに長《た》けている。下手に言い繕《つくろ》ったところで、ごまかせはしないだろう。

どうしますかと、茨木が視線だけで尋ねてくる。

好文が許せば、桃若の命はそこで終わるだろう。北町奉行が遊び人のふりで町をふらついていただけでも外聞《がいぶん》は悪いのに、一年もの間町人になりきっていたと吹聴《ふいちょう》でもされればかなり厄介《やっかい》だ。

しかし――。

「…桃若。新任の北町奉行を知ってるか？」

「錦次っ…」

茨木の咎《とが》める声に首を振り、好文は桃若に向き直った。にわかに張り詰めた空気に戸惑いつつも、桃若は頷く。

「英雄奉行の統山左衛門尉様を、知らねえ奴なんて居やしません」

「――俺がその統山左衛門尉だと言ったら、信じるか？」

「え……」

桃若はぽかんと口を開け、好文と茨木を何度も見比べた。まあそうだろう、同じ町人としてつるんでいた人間が町奉行になったなんて、普通は信じられるわけがない……はずなのだが。

「…統山家といえば譜代の名門旗本…確か当代のご当主は、永崎奉行の統山大隅守《おおすみのかみ》様…その御方が、錦さんのお父上…？」

桃若ときたら夢見る乙女のようにうっとりと両手の指を組み合わせ、立て板に水とまくしたてるではないか。

「あ、ああ、そうだが…お前、どうしてそんなに詳しいんだ…？」

「ずっと、錦さんはただ者じゃねえって…どこか高貴な御家の御曹司《おんぞうし》に違いねえって思ってたんで。武鑑《ぶかん》を読んで、幕府のお偉方《えらがた》はめぼしいところを覚えておいたんでさ」

武鑑とは大名と旗本の氏名や系譜《けいふ》、お役目などを記《しる》した本のことだ。

高位武家相手に商《あきな》いをする大店や、武家が家同士の付き合いのために使うのであって、役者が読むような代物《しろもの》ではないのに、どうして茨木は感じ入ったような表情をしているのだろうか。

「つまり錦さんは血筋も家柄も実力も兼ね備えた御家の、由緒《ゆいしょ》正しい正統な跡取り…そういうことなんで…？」

「その通りだ。この御方は本来ならば貴様など、お召しになった袴の裾《すそ》を拝見することすら叶わぬ貴公子にあらせられるぞ」

「は…、ははぁーっ！」

何故か茨木が誇らしげに宣言し、桃若が地べたに平伏した。

くらり、と好文は軽いめまいに襲われる。幸吉の捜査に赴いたはずなのに、何故自分は妙に嬉しそうな桃若に拝《おが》まれているのだろう。それも、人を喰うと噂される閻魔の前で…。

「実醇、お前…」

ついさっきまで桃若を刀の錆《さび》にしようとしていたのは、どこのどいつだ。横目で睨んでやるが、実醇はさらりと受け流す。

「錦次。この者は使えます」

「何……？」

「この者、錦次の素性《すじょう》を知っても悪用しようなどと夢にも思わぬでしょう。錦次に累《るい》が及ぶくらいなら自ら死を選ぶ。そういう心根《こころね》の主《ぬし》と見ました」

「錦さん、いえ、左衛門尉様に迷惑をかけるくらいなら腹を切りやす！」

桃若が活《い》き活きと手を挙げた。がばりと上げられた顔は幸せそうで、お前武士ではないだろう、切腹は出来ないだろうと突っ込む気力を根こそぎ奪われてしまう。

「桃若…お前、それでいいのか？」

実醇はつまり、桃若を情報源《いぬ》として利用しろと言っているのだ。好文に裁かれる悪人どもに町奉行の手先だとばれれば、切腹するまでもなく命を奪われるかもしれないのに。

「錦さんにお助け頂いた時、決めたんでさ。おいらは男の一命《いちめい》を錦さんに捧げると。ここでまた逢えたのも、きっと閻魔様のお導き。どうかおいらを、錦さんの…左衛門尉様の手下にして下せえ！」

「……、……いいだろう」

逡巡《しゅんじゅん》の末、好文は桃若の手を取った。ぐいと引き上げて立たせ、ぽん、と肩を叩く。

「出来る範囲でいい。お前の力を貸してくれ」

「へ、……へいっ！」

桃若は一瞬ぽかんと口を開け、破顔《はがん》した。

無邪気に喜ぶ姿に、早くも後悔が押し寄せてくる。桃若は気弱に見えて意外に頑固者で、こうと決めたことは絶対にやり遂げる性格だ。わかっていたから受け容れたが、役者としてようやく日の目を見た桃若を危険にさらすのは…。

「それで、左衛門尉様…いや、錦さん。四日前のことですが…」

わずかな良心の呵責《かしゃく》は、きりりと顔を引き締めた桃若が申し出た瞬間に消え去った。

…そうだ。こうしている間にも、幸吉はどこかで危険にさらされているかもしれないのだ。今は無事だとしても、時間が経《た》てば経つほど生存の可能性は低くなる。使える手は何でも使わなければならない。

「…ああ。何か見たのか？」

気を引き締めて問えば、桃若は神妙な表情で頷き、好文たちの背後の松の木を指した。

「四日前の、ちょうど今くらいでさ。おいらが閻魔堂に詣でようとしたら、あの松の木のあたりで、閻魔堂の方から走ってきた奴にぶつかっちまったんで」

「何…？　そいつは、どんな奴だった？」

「謝りもしねえでさっさと逃げちまいましたから、顔ははっきり見てねえんですが…若い男だったと思いやす。背はおいらより高く、がっしりしてやした。どこかの印半纏《しるしばんてん》を着てやしたから、鳶《とび》じゃねえかと」

役者だけあって、さすがの観察眼だ。感心した茨木が、好文に提案する。

「その者、幸吉の一件で何か目撃したやもしれませぬ。先ほどの小坊主に尋ねれば、身元がわかるのでは？」

「そうだな。じゃあ…」

「おいらにお任せをっ！」

言うが早いか、桃若は玩具《おもちゃ》を投げられた犬のように走り去り、ほどなくして迷惑そうな顔の小坊主を引っ張ってきた。さっき好文たちに道を教えてくれた、あの小坊主だ。

「貴方がたは、先ほどの…」

「連れがすまねえ。ちょいと聞きたいことがあってな」

「聞きたいこと、ですか？」

首を傾《かし》げる小坊主の袂《たもと》に一朱金《いっしゅきん》をひょいと放り込み、好文は桃若から聞いた鳶の男の特徴を告げた。

金貨のご利益か、小坊主はすぐに思い出してくれる。

「ああ、そのお方ならきっと勝五郎《かつごろう》さんでしょう。この半年ほど、お仕事帰りに毎日閻魔様に詣でてゆかれます」

「へえ…閻魔様ってのは、鳶にもご利益があるのかい？」

「いえ、それが…」

言いよどみつつも、小坊主は教えてくれた。勝五郎にはお照《てる》という妻が居るのだが、所帯を持って数年経っても子に恵まれず、子を授《さず》けて欲しいと閻魔に願掛けをしているのだそうだ。

幸運にも、小坊主は勝五郎の住む長屋の場所も知っていた。礼を言って別れ、勝五郎の長屋に向かう前に、好文は閻魔堂の中に入る。桃若との思わぬ再会ですっかり失念してしまっていたが、この閻魔像とて立派な手がかりの一つだ。

一丈六尺。座《ざ》してもなお好文三人分の高さを誇る閻魔は唐土《もろこし》の道服《どうふく》で威儀《いぎ》を正し、巨大な笏《しゃく》を右手に握っている。

赤く塗られた顔の両目には大きな水晶玉が嵌《は》め込まれ、炯々《けいけい》と輝きを放っていた。天下無双《てんかむそう》と謳《うた》われた名工の作と伝わるだけあって、木像とは思えぬ威厳《いげん》と覇気《はき》に圧倒される。

芸術品としても素晴らしい出来だ。人喰いの言い伝えさえ無ければ、数多の参拝客が押し寄せたに違いない。

怒りのためか、それとも罪深い人間を嘲笑《あざわら》っているのか。かっと開かれた巨大な口は、何も咥えてはいなかった。

四日前、咥えていたという幸吉のおくるみは駿河屋がその日のうちに回収し、奉行所に提出されている。茨木と桃若と共に一通り探してみても、新たな手がかりらしきものは見付からなかった。

……お前は本当に、幸吉を喰ったのか？

胸の中で問いかけても、当然ながら応《こた》えは返らない。

だが好文には、閻魔の水晶の瞳が何かを訴えているように見えてならなかった。


その夜、好文《よしふみ》は床《とこ》についてからもなかなか寝付けなかった。こんな時、いつもなら迷わず茨木《いばらぎ》を呼んで添い寝をねだるのだが、あいにく他の内与力《うちよりき》たちと共に統山《とうやま》家の邸《やしき》に赴《おもむ》いている。邸を守る家臣たちと情報を交換し、好文に伝えるのも茨木の役目だ。時期的に、父から文《ふみ》が届いているかもしれない。鷹文《たかふみ》は若くして町奉行《まちぶぎょう》に抜擢《ばってき》された息子を案じ、遠い永崎《ながさき》からこまめに文をくれる。

……父上。父上なら、いかがなさいますか？

閻魔堂《えんまどう》を調べた後、好文たちは小坊主が教えてくれた長屋に急いだ。

だがそれらしき夫婦の住まいは無く、長屋を差配《さはい》する大家に尋ねたところ、驚くべきことを告げられたのだ。

『勝五郎《かつごろう》とお照《てる》なら、四日前、急に居なくなっちまってねえ…』

閻魔詣《もう》での甲斐《かい》あってか、お照は子を授《さず》かっていたのだそうだ。夫婦はもちろん、家族同然の店子《たなこ》たちも喜んだ。

…だがせっかく授かった子は、三月も経たずに流れてしまった。夫婦、ことにお照の悲しみは深く、周囲は心配していたらしい。そこへ二人が消えたものだから、思い余ってどこかで身投げでもしたのではないかと、大家はしきりに気を揉《も》んでいたが、好文たちはそれどころではない。

四日前と言えば、幸吉《こうきち》が消えた日だ。同じ日に勝五郎も妻と共に消え、焔王寺《えんおうじ》の閻魔堂近くで桃若《ももわか》に目撃されている。とても偶然とは思えない。

『…もしや勝五郎はお澄《すみ》に金子《きんす》を握らされ、かどわかしに見せかけて幸吉をどこかで殺《あや》めたのではありませぬか？』

そう推察したのは茨木だ。

つまり幸吉は閻魔に喰われたのではなく、お澄の手下である乳母によって閻魔堂へ連れて行かれた。寺の小坊主すらろくに寄り付かない閻魔堂は、赤子の受け渡し場所としてはうってつけだ。

勝五郎は幸吉を受け取り、遠くへ連れ去って殺し、骸《むくろ》を埋《う》めた。その間、誰も…ぶつかった桃若すら幸吉の泣き声を聞いていないのは、幸吉が眠り薬でも飲まされたからではないか。駿河屋《するがや》は薬種問屋《やくしゅどんや》。眠り薬くらい、おかみのお澄なら簡単に手に入る。

勝五郎とお照が消えたのは、罪の意識に耐えられなくなったため。お澄から受け取った金子を元手にやり直すべく、誰も自分たちを知らない新天地に逃げたのでは――と茨木は言いたいのだ。

ありえない話ではない。骸が恵渡《えど》の外に埋められたのなら、駿河屋も町奉行所も見付けていないのは道理である。

だが好文には、勝五郎が幸吉を殺めたとはどうしても思えなかった。我が子を喪《うしな》って嘆《なげ》き悲しんでいた夫婦が、他人の子を…それも生まれて間も無い赤子を、金子と引き換えに殺せるだろうか？

殺していないとしても、彼らが大きな、そして唯一の有力な手がかりであることは事実。どうしても取り調べる必要があるが、日が沈んできたのもあり、それ以上の捜索は諦《あきら》めざるを得なかった。

桃若と別れ、町奉行所に戻ってすぐ勝五郎たちの居所を探るよう同心《どうしん》たちに命じたものの、彼らが本格的な捜査に入れるのは明日の日の出以降である。…幸吉が殺されたとは思えない。

だが早く見付けてやらなければ、一人では生きていけない赤子の命運はいずれ尽きる。

……父上ならば、どうやって幸吉を探し出されますか？

鷹文はかつては目付《めつけ》として幕臣たちを監察し、その罪を裁《さば》く立場に在《あ》った。今は奉行として、要地《ようち》である永崎の地を将軍の代わりに治めている。

公明正大《こうめいせいだい》にして優秀な父を、永崎の民《たみ》は名君《めいくん》と慕《した》っていると聞く。言わば好文の、偉大なる先達《せんだつ》なのだ。

父の助言《じょげん》を仰《あお》ぎたいが、遠く離れ離れになっていてはそれも叶わない。有明行灯《ありあけあんどん》のほのかな灯《あか》りだけが頼りの闇に身を浸《ひた》していると、嫌な予感ばかりが次々と湧いてくる。

何かに――誰かに、この闇を照らして欲しかった。そう、たとえば未《いま》だ朝日の昇らぬ群青《ぐんじょう》の空に輝く、金色の星のような…。

「明星《あかほし》……」

「……呼んだか？」

誰にも届かぬはずだった呟きに、笑みを含んだ応《こた》えが返された。とっさに枕元の守《まも》り刀《がたな》を取ろうとした手は、一回り以上大きく節《ふし》ばった手に包まれる。

自然と力が抜けたのは、抵抗しても無駄だとわかっていたからだ。刀の一振りで大人の首をたやすく落とす膂力《りょりょく》を誇《ほこ》る腕は、その気になれば好文の手を骨ごと砕《くだ》き、首をへし折ることすら出来るだろう。

どんなに忘れようとしても忘れられなかった。焦《こ》がれ続けた金色の星が、手を伸ばせば触れられるほど近くでまたたいている。

「何故…」

何故、不知火《しらぬい》の彦三《ひこぞう》のお白洲《しらす》からずっと姿を見せなかったのか。最後に会ってから今まで、何をしていたのか。…好文のことなど、どうでもよくなってしまったのか。

ぶつけてやりたい疑問は、後から後から湧いて出る。でも、言葉にはならない。…してはならない。好文とこの男は…明星は、住む世界が違うのだから。

「言ったはずだぞ、好文」

頭の芯をとろかす低い囁きが、耳元で闇と溶け合った。行灯の淡い橙色《だいだいいろ》の光に、好文に覆《おお》いかぶさる男の輪郭《りんかく》が浮かび上がる。獰猛《どうもう》でしなやかな、けれど奇妙になまめかしい獣のような。

「お前は俺の桜の花だ。俺が丹精《たんせい》するのは、当たり前のことだと」

「……」

「つれないな。呼ばれたからこうして馳《は》せ参じたのに、俺の愛《いと》しい花は声も聞かせてくれないのか？」

町人の錦次《きんじ》から、北町奉行《きたまちぶぎょう》へ。好文は変わり果ててしまったのに、明星は何も変わらない。さえずる声の粘《ねば》りつく甘さも、ゆったりと細められた金色の右目の輝きも、結《ゆ》わずに垂《た》らした総髪《そうはつ》も、着流しにした小袖《こそで》越しに伝わる体温の高さも……何一つ。

……明星。

心の中で呼んだだけで、身の内に炎が燃え上がる。力強いその腕に抱かれ、何も考えられなくして欲しいとねだりそうになるのを必死に堪《こら》えているのは、明星のためでもあるのに。…この男だって、わかっているはずなのに。

「…汚《けが》らわしい『百人斬り』とは、口もききたくないか？」

どうして、そんな質問が出来るのだろう。顔だけは悲しげに歪《ゆが》め、声音《こわね》にはからかいの色を滲《にじ》ませて。

「っ…、…そんなわけが、無いだろう…！」

とっさに反論し、好文はすぐに悟《さと》った。好文から声を引き出すために…そのためだけに、明星はあの質問をしたのだと。

けれど、途中で口を閉ざすことは出来ない。この胸に宿《やど》る思いは、決して偽りではないのだから。

「俺は明星を…月雲十九郎《つくもじゅうきゅうろう》を、汚らわしいと思ったことなど一度も無い…！」

「好文……」

――やっと、呼んでくれたな。

喜色《きしょく》を浮かべて囁く男を、叶うものならしたたかに打ち付けてやりたい。きっと睨む好文をあやすように、明星は額や頬、項《うなじ》にやわらかく唇を落としていった。

何故そんなに大切そうに好文を愛《め》でられるのだろうか。好文は明星を、破滅させることも出来る存在なのに。

月雲十九郎。それが明星の真の名前だと知る者はごくわずかだ。

今でこそ明星は恵渡の町に溶け込んでいるが、もとはさる小藩《しょうはん》の下級藩士の家に生まれた武家の子弟《してい》だった。能力主義が着実に浸透《しんとう》しつつある恵渡と違い、地方ではまだまだ血筋や家柄が重視されている。上級藩士の家に生まれればどんなに劣《おと》っていようと栄達《えいたつ》するし、どんなに優秀でも下級藩士の子が要職に就《つ》くことは無い。

月雲十九郎は下級藩士の子でありながら、文武《ぶんぶ》に秀《ひい》でていた。ことに刀の技量は、天才と謳《うた》われるほど。皮肉にもそれが十九郎に災厄《さいやく》をもたらした。十九郎を妬《ねた》んだ家老の息子によって、父を切腹に追い込まれてしまったのだ。

怒りに燃える十九郎は家老の一族を小者にいたるまで斬殺《ざんさつ》した。そうして付いた二つ名が『百人斬り』。

出奔《しゅっぽん》した十九郎を野放しには出来ず、藩は幕府に十九郎の罪を届け出た。…犯行にいたるまでの経緯《けいい》は、一切伏せた上で。

極悪非道の大罪人《たいざいにん》として藩からも幕府からも追われる身となった十九郎は、大胆にも恵渡に流れ着き、その鬼神《きじん》の如《ごと》き剣才《けんさい》で恵渡の闇に根を張っていった。時に自《みずか》ら標的を葬《ほうむ》り、闇組織の者たちさえ歯向かったら最期《さいご》と震え上がらせる十九郎は…明星は、正真正銘の悪党だ。

遊び人の錦次なら、ただ自分だけは傷付けないその腕の中で可愛がられていることも出来た。だが真実を知ってしまった今は…北町奉行の統山左衛門尉《とうやまさえもんのじょう》は、大罪人である明星を捕らえなければならない。

捕縛《ほばく》された明星がたどらされる道はたった一つ、磔《はりつけ》だ。…好文が、この男を死なせるのだ。そんな未来はまっぴらだった。だから離れたのに。必死に忘れようとしたのに。

「…愛している」

愛《いと》おしそうに微笑む男から、目が離せない。のしかかる分厚《ぶあつ》い身体の重みと熱を、心地よく感じてしまう。

「どんなお前も、愛しくてたまらない。町奉行として取り澄ましている時も、母親代わりに甘えている時も、町人に化けて町を探索している時も…」

「…お前、……っ…？」

まさか、と問いただすより早く、白絹《しらぎぬ》の夜着《よぎ》の合わせから熱を孕《はら》んだ手が侵入してきた。無防備な太股《ふともも》の内側の柔肉《やわにく》をむにむにとまさぐりながら、明星は好文の脚を割り開く。

「相変わらず、白くなめらかな肌だ」

「あ…っ…」

感嘆混じりの吐息にくすぐられただけで、ぞくぞくと快感が背筋を這い上がっていく。

明星はふっと笑い、しみ一つ無い肌に唇を落とした。

「…うあ、っ……」

強く吸い上げられ、こぼれそうになった甘い悲鳴を、好文はとっさに指を噛んで堪えた。

…ここは町奉行の役宅《やくたく》だ。幕府から派遣された警護の侍《さむらい》に加え、父が選んだ遣《つか》い手の家臣たちも守りを固めている。大きな声を上げれば、誰かしら飛んで来てしまうだろう。

「…ずいぶんと、無粋《ぶすい》な真似をする」

金色の光がまたたいたかと思ったら、噛んでいた指ごと手を奪われた。指先に刻まれた噛み痕を、明星は濡れた舌でなぞる。

「…う、…んっ…」

「長い間会えなかったのだぞ。存分にさえずって、俺を慰《なぐさ》めてくれ」

ふざけたことを、と思ったのが伝わったのだろう。薄闇の中で、明星の唇がにいっとつり上がる。

「心配は要《い》らん。皆、眠っているからな」

「な、…んだ、と？」

「大丈夫、意識を刈り取っただけだ。朝になれば動き出すだろう。…他愛《たわい》の無い。あの鬼侍《おにざむらい》が居てくれれば、少しは愉《たの》しめるものを」

鬼侍とは茨木のことだ。茨木は可愛い養《やしな》い子を闇に引き込む『百人斬り』を蛇蝎《だかつ》のごとく嫌っているが、明星の方は茨木に好意すら抱いているふしがある。

同じく人の領域を越えた刀の才の主だからか、好文を我が身に代えても守ろうとする姿に興味を抱いたのか。いずれにせよ、茨木と明星を会わせたくなどない。

「…実醇《さねあつ》が居たら、今頃、お前の首を落としにかかっている」

「それはどうかな?」

笑んだままの唇が、ぐいと持ち上げられた太股に紅い痕を刻んでいく。ちりちりと肌を焼かれるような久しぶりの感覚は血を滾《たぎ》らせ、白い肌を火照《ほて》らせる。

「あ、…ぁっ、…!」

下帯の中で張り詰めつつあった肉茎《にくけい》を、硬く大きな掌《てのひら》が包み込んだ。やわやわと揉《も》まれるだけで、若く堪《こら》え性《しょう》の無いそこはたやすく熱を帯びる。

まなじりに溜まった涙の粒が、明星の舌に舐《な》め取られた。

「お前がこんなふうに泣いてねだれば、乳をやりに来てくれるかもしれんぞ」

「…な…っ、にを、…愚《おろ》かな…」

「あの美しい鬼の胸で甘やかされるお前を抱くのも、なかなか昂《たかぶ》りそうだ」

本気とも、からかいともつかぬ口調に翻弄《ほんろう》される。ふっと力が抜けたのを見計らったように、明星は下帯の隙間から手を忍び込ませた。

じかに感じる掌のかさついた感触は、肌の奥に眠っていた官能を目覚めさせる呼び水だ。ふるふると震えた肉茎の先端が、堪えきれぬ随喜《ずいき》の涙を溢れさせる。

「もっと泣け」

「や、…ぁっ…」

「泣いて、俺に縋《すが》れ。…俺ならあの鬼侍のようにただあやすだけではなく、極楽に連れて行ってやるぞ」

ちかり、と金色の光がまたたく。紅い痕を刻みながら太股を伝っていく唇は、とうとう脚の付け根にたどり着いた。

ぐちぐちと揉みたてられる肉茎に熱い吐息が吹きかけられる。

「う…あ、あっ、あぁ…」

がっちり脚を捕らえられていては逃げることも出来ず、好文は上ずった喘《あえ》ぎを漏らしながら疑問にかられる。

…今日の明星は妙だ。いつもの明星なら好文が涙目で見上げれば、すぐにでも絶頂に導いてくれるのに。

「…俺だけの、桜の花…」

紡《つむ》がれる声音のかすかなざらつきに、まさか、と思った。まさか、明星は。恵渡の深い闇を従える、この男は…。

……嫉妬して、いるのか？

茨木に。…離れている間、好文の傍《そば》に居た全ての者たちに。

邸の外の世界などまるで知らなかった好文に、町人の暮らしから褥《しとね》での作法まで仕込んでくれたのは明星だ。共に在《あ》る間、この男はいつだって泰然《たいぜん》と余裕に満ちていた。そう、統山家の邸に乗り込み、好文の義叔父《おじ》たちを血の海に沈めた時さえも。

……その明星が、本当に？

弛緩《しかん》しつつある身体を叱咤《しった》し、好文はよろよろと腕を伸ばした。以前より少し長くなった髪をすきやりながら、明星の頭に指を埋める。

「…頼む…から、いかせて、くれ…」

「……っ…」

金色の右目が不穏な炎を燃え上がらせるのと、緩んだ下帯が乱暴に剝《は》ぎ取られるのは同時だった。

張り詰めた嚢《ふくろ》ごと、涙を流し続ける肉茎が濡れた熱い口内に咥《くわ》え込まれていく。

「あぁ……っ！」

ほとばしる嬌声《きょうせい》を、好文は堪えなかった。奇妙な優越感に突き動かされるがまま、明星の頭を股間に押し付ける。

むちゅ、ぐちゅ、と粘ついた水音に耳朶《じだ》を侵されるたび指先から伝わる性急な動きに、秘められた熱が呼び覚まされる。

……ああ、そうだ。

錦次として明星に庇護《ひご》されていた頃も、夜毎《ごと》こんなふうに貪《むさぼ》られていた。もっと狭く、二人の生活の匂いが染み込んだ部屋で。互いに生まれたままの姿を絡め合って。

「…は…ん、…あ、ぁ…、明星…」

もっと呼べとばかりに、屹立《きつりつ》した性器を肉厚な舌がからめとる。

好文は抱えられていた脚を自ら持ち上げ、嚢の奥に息づく菊座《きくざ》をさらした。しっとりと汗ばんだ太股を滑《すべ》り、長い指がまだかたく閉ざされた蕾《つぼみ》をなぞる。

「…あぁ…っ、ん…！」

唾液《だえき》を纏《まと》ったそれがぬぷりと中に沈み込んだ瞬間、漲《みなぎ》った肉茎の先端を吸い上げられ、好文は反射的に腹の中のものを締め付けた。

そのきつさに、明星の唇が笑みを刻む。好文が誰ともまぐわっていないと、悟ったせいか。

「やぁっ…あっ、あん、はぁ…っ」

じゅぷじゅぷと舌で肉茎を扱《しご》かれるのに合わせ、媚肉《びにく》を内側から擦《こす》られ、ゆっくりと拡《ひろ》げられていく。

何も知らぬふうに閉じてはいるけれど、そこはすでに男に愛でられる悦楽《えつらく》を教え込まれている。臍《へそ》の裏側の小さなしこりをぐりりと抉《えぐ》られれば、たちまち取り戻す。…腹がはち切れてしまいそうなほど大きく長い肉刀《にくとう》に貫《つらぬ》かれ、思うさま突き上げられる歓《よろこ》びを。

「…あっ…、かぼ、し…、もう…」

手触りのいい髪を引っ張れば、わずかな痴態《ちたい》も見逃すまいと好文の股間に注がれていた目が上げられた。底知れぬ闇を孕んでなお爛々《らんらん》と輝く右目は、明星の標的となった犠牲者には死の恐怖を、好文には絶頂の予感をもたらす。

「……好文」

しなやかな獣のような身のこなしで、明星はむくりと起き上がった。その腰には脇差すら帯びていないのに、どこにも隙が見付からない。たとえ誰かが背後から襲いかかっても、返り討ちに遭《あ》うのが関の山だろう。

白い下帯がもどかしげに脱ぎ捨てられる。ぶるんと武者震いしながらまろび出た逸物《いちもつ》に、好文は息を呑んだ。

初めてまぐわった時から大人と童子《どうじ》ほどに違う偉容《いよう》に圧倒されてきたけれど、ずっしりと重たげにぶら下がった双つの嚢も、浮き上がる血の管《くだ》を見せ付けるように反《そ》り返る肉刀も、今宵《こよい》はいつになく猛々《たけだけ》しい。

……ずっと、会えなかったから？

欲望を発散するだけの相手は、明星ほどの男なら事欠かない。男でも女でも、あちらから脚を開くはずなのに。

「…お前だけだ」

囁きも、好文の両脚を広げる手も、燃えるように熱い。

「…ぁ、あっ…」

膝が腹につくほど高く持ち上げられ、さらけ出された菊座に先走りでぬるつく切っ先があてがわれた。

「俺の桜の花は、お前だけだ。他の誰も、代わりにはならない…」

無意識に力を抜けば、明星は獣めいた息を漏らし、ひくひくとうごめく蕾に腰を突き入れる。

「は…あ、あぁぁ……っ！」

真っ二つに裂かれた身を、極太の肉杭《にくぐい》で強引に縫《ぬ》い留《と》められる久々の感覚に、好文ははくはくと上下する首を反らした。

無防備にさらけだされた喉笛《のどぶえ》――最も弱く美味な肉に喰らい付くのは、生物の本能だ。持ち上げた両脚ごとのしかかりながら、明星は薄い肌にやわやわと歯を立てる。

「…つ…ぅっ、んっ、あ、…あぁ…」

じゃれるように甘噛みする歯は、その気になれば好文の喉などたやすく喰い破ってしまえるだろう。かすかな恐怖と、どくどくと腹の中で脈打つ肉刀のふてぶてしいまでの存在感が混ざり合い、好文を快楽の沼に沈めていく。

「…俺のもとに来い、好文…」

「あっ…、やぁ…、あっ…」

「お前を咲かせてやれるのは、俺だけだ。…お前が咲いていいのは、俺の腕の中だけだ…！」

ぎらり、と金色の右目が不穏な輝きを帯びる。好文は胃の腑《ふ》ごと喉奥からせり上がってきそうな圧迫感を無理やり飲み下し、ふるふると首を振った。

「…明、星…」

甘ったれた吐息混じりに囁き、うっすらと口を開く。紅い舌を覗かせれば、明星は好文を貪ることしか考えられなくなるとわかっていた。

期待通りむしゃぶりつかれたとたん、抱え込まれた下肢《かし》はさらに浮き上がり、充溢《じゅういつ》しきった肉刀をいっそう深く迎え入れる。明星に教えられた情けどころを鋭い切っ先にごりごりと擦り上げられ、沸騰《ふっとう》した全身の血が男の逞《たくま》しい体軀《たいく》に押し潰された肉茎に集まっていく。

「ふ、………んー…っ…！」

絶頂の悲鳴は、震える舌ごと明星に吸い取られた。隆起《りゅうき》した喉仏を美味そうに上下させ、明星は抜ける寸前まで引いた腰を一息に突き入れる。

「………っ！」

やめてくれと懇願《こんがん》する代わりに、好文は力強く律動する広い背中に縋った。肉茎から精を噴き上げる、男として最も無防備で感じやすい時にやわらかな媚肉を突きまくられたりしたら…、舌を、むちゅむちゅとねぶられたりしたら…。

――狂えばいい。

重なり合った唇よりも饒舌《じょうぜつ》に、金色の右目がそそのかす。

――狂って、腑抜《ふぬ》けになって、俺のもとまで堕《お》ちてくればいい。

真上から肉の楔《くさび》を穿《うが》たれ、息も出来ぬほど口内《こうない》を貪られては、いやいやと首を振ることすら叶わない。

…明星がもたらすのは破滅だ。その手は好文だけは傷付けないが、邪魔とみなせば、好文以外の全てをやすやすと斬り捨ててみせるだろう。北町奉行のお役目も高江《たかえ》たち配下も、…茨木も、父の鷹文さえも。

父の可愛い息子でありたければ、北町奉行に任じてくれた将軍の期待に応《こた》えたければ、この男の手だけは取ってはならない。今すぐにでも突き放さなければならないのに。

「ん……っ、ふ、……っ！」

最奥《さいおう》におびただしい量の精を叩きつけられる瞬間、好文は明星にしがみつき、その背中に思い切り爪を立てていた。


弛緩した手をそっと握られる感触で目を覚ました。父ではない、茨木でもない。では誰だろうと重たいまぶたを上げ、ああ、と好文は得心《とくしん》する。

「明星……」

「…よく、父やあの鬼侍と間違えなかったな」

振り返った明星が肩越しにからかい混じりの笑みを浮かべるが、間違えるはずがない。

「恵渡広しといえど、梅花《ばいか》を背負った男などお前だけだ」

明星はこちらに背を向け、褥に横たわった好文の手を愛でていたのだ。諸肌《もろはだ》を脱いだ背中には、惚《ほ》れ惚《ぼ》れするほど逞しい筋肉の隆起に沿って、鮮やかな梅花が咲き誇っている。

好文の背中の桜吹雪《さくらふぶき》と対《つい》になるそれは、まだ互いに素性《すじょう》を秘めていた頃、思いを通じ合わせた証《あかし》として恵渡随一《ずいいち》と謳われる名人に刻ませた彫り物だ。ふだんは何の変わりも無い肌に、興奮で体温が上がった時だけ現れる。…そう、今のように情を交わした後にも。

明星は金色の右目を愛おしげにまたたかせた。普通、男なら竜虎《りゅうこ》や明王《みょうおう》といった猛々しい意《い》匠《しょう》を好むものだが。

「これは、お前の化身《けしん》だ」

「……」

「むろん、現《うつ》し身《み》のお前には遠く及ばんがな」

頬がほんのりと熱くなる。

好文の名は、父が梅花の別名である好文木《こうぶんぼく》からつけてくれたものだ。そして好文の背負う桜は、明星の生家、月雲家の家紋。好文が明星の最愛である証だった。自分では見えないが、好文の背中にも、桜吹雪が鮮やかに浮かび上がっているのだろう。

「何故…」

そんなに離れ、背まで向けているのか。みなまで問う前に、明星は好文の指先に口付ける。

「間近で見れば、また欲しくなってしまうからな」

「っ…、明星…」

意外なくらいやわらかな唇が、熱と官能に彩《いろど》られた記憶を呼び覚ます。

…ほんの少し前のことなのだ。数か月の間、姿を見ることすら叶わなかった男と肌を重ねていたのは。

何事も無かったように身体を清められ、夜着を着せられているが、今は何時《なんどき》なのだろう。行灯の油の減り具合からして、最後に明星の精を受け止めさせられてから、一刻は経《た》っていないと思うのだが…。

「――三河屋惣兵衛《みかわやそうべえ》、伊豆屋正蔵《いずやしょうぞう》、榛原屋仙二郎《はいばらやせんじろう》」

「……？」

「調べてみるといい。駿河屋の跡取り息子を探し出す手がかりになるだろう」

「っ…、お前…！」

頭を取り巻いていた薄靄《うすもや》がぱっと晴れた。勢いよく起き上がろうとした好文を、明星はゆったり細めた眼差しだけで制する。

「俺はこう見えてもそれなりに甲斐性《かいしょう》はある男ゆえ、町奉行となったお前にも尽くすつもりでいるのだぞ」

「…何、を…」

「いつでもお前のことを考えている。……お前がこの濁世《だくせ》に絶望し、こちら側に堕ちてくる瞬間をな」

――それまでは、町奉行所《はこにわ》で戯《たわむ》れていればいい。俺は情人《じょうじん》の火遊びを許さぬほど、狭量《きょうりょう》な男ではないからな。

身勝手極まりない言いぐさに、反論は出来なかった。金色の右目に宿る光が不気味に揺らめくや、意識が深い闇に呑み込まれていってしまったからだ。

次に目が覚めた時はすでに明け六《む》つを過ぎており、好文は茨木の手を借りて身支度を整えた。狐につままれたような気分だが、肌の奥にはまだあの男に与えられた熱がじりじりとくすぶっている。…あれは夢ではない。紛《まぎ》れも無い現実だ。

と、いうことは――。

「御奉行《おぶぎょう》…!? な、何故《なにゆえ》、このようなむさ苦しいところへ…」

茨木を引き連れた好文が現れると、例繰方《れいくりかた》の同心は真っ青になりながら埃《ほこり》だらけの床にひれ伏した。

それもそうだろう。例繰方とは奉行所がこれまで扱ってきた事件の資料や判例などを管理する部署だ。犯罪捜査に当たる定廻《じょうまわ》り・臨時廻り・隠密《おんみつ》廻りなどのいわゆる廻《まわ》り方《かた》とは違い、ひたすら書物の整理と調査に明け暮れる日陰部署である。町奉行がじきじきに訪れるような場所ではないのだが。

「三河屋惣兵衛、伊豆屋正蔵、榛原屋仙二郎。これらの者たちの名に、聞き覚えは無いか？」

「――――！」

好文が尋ねたとたん、初老の同心はがばりと起き上がった。小皺《こじわ》の刻まれた顔に、驚愕が広がっていく。

「御奉行…、その名をどちらでお聞きになられたのですか？」

「役宅に残されていた古い判例集に目を通していたら、この者たちの名が記《しる》された事件の内容の部分だけが抜けていたのだ。例繰方の生き字引とも言われるそなたなら、何か知っているかもしれぬと思ってな」

茨木にもした言い訳をくり返せば、同心は感激に身を震わせながら何度も頷いた。御免《ごめん》、と言い置き、歳にそぐわぬ素早さでさっと書棚の奥に引っ込んだかと思えば、すぐさま古い帳面を持って現れる。

「三河屋惣兵衛、伊豆屋正蔵、榛原屋仙二郎の三名が絡んだ事件と申せば、こちらしかございませぬ」

好文は礼を言って受け取り、茨木と共に同心が教えてくれた箇所《かしょ》を読み始めた。だんだん渋《じゅう》面《めん》になっていってしまったのは、記されていた事件の内容があまりに凄惨《せいさん》だったせいだ。

日付は五年前だから、好文がまだ北町奉行に就任《しゅうにん》するずっと前のことである。三河屋惣兵衛、伊豆屋正蔵、榛原屋仙二郎――駿河屋ほどではないものの、いずれも恵渡では名の知られた大《おお》店《だな》の主《あるじ》の子どもたちが相次いで姿を消した。三河屋は娘、伊豆屋と榛原屋は息子。皆、七つにもならぬ幼子《おさなご》たちだった。

駿河屋がそうしたように、三河屋も伊豆屋も榛原屋も死に物狂いで我が子を捜し回った。一報を受けた町奉行所も、南北が総力を挙げて捜索に当たった。

だが数日後、彼らはもの言わぬ骸《むくろ》となって発見された。…ただの骸ではない。かち割られた頭からは脳髄《のうずい》が、小さな腹部からは肝《きも》が抜き取られていた。

子どもたちは人丹《じんたん》の材料にされるためにかどわかされ、殺されたのだと、誰もが確信した。人丹とは、人の肉体の一部を素材とする薬のことだ。医療が未発達なこの時代、人の身体――ことに霊天蓋《れいてんがい》と呼ばれる脳髄や、生き肝を用いた薬は万病《まんびょう》に効くとされ、珍重《ちんちょう》されていた。

むろん、幕府は例外を除き、人丹の製造を厳禁している。だが闇市場では人丹の素材となる脳髄や生き肝が高額で取引され、不治《ふち》の病《やまい》に侵《おか》された者たちにこっそり売りさばかれているのが現状だった。

特に生き肝は持ち主が若ければ若いほど、育ちが良ければ良いほど高品質とされ、高値で取引されるのだという。大店で大切に育てられた三人の子どもたちは条件にぴたりと当てはまったため、標的とされたのだろう。

それだけでもじゅうぶんに惨《むご》たらしい話だが、帳面に記された骸の腑分《ふわ》けの結果に、好文は嘆息《たんそく》してしまう。

「…子どもたちは生きたまま肝と脳髄を取られ、その後殺された可能性高し、か」

「惨いことを……」

好文が絡まなければめったに感情を崩さない茨木さえ柳眉《りゅうび》を顰《ひそ》める。無言で控えていた同心も、痛ましげに瞑目《めいもく》した。

「生き肝と申しますからには、生きた状態で取らなければ高い薬効《やっこう》が望めないと思ったのでしょう。…まこと、鬼心《きしん》とは言い得て妙にございます」

鬼心――鬼の心を持つとあだ名された男、鬼心の三之助《さんのすけ》こそ、三人の子どもたちをさらわせた犯人だと当時の奉行所は睨《にら》んでいた。

肝を奪われ、殺された子どもが発見されたのは、五年前が初めてではない。それまでも何人もの子どもたちが同じように殺され、無惨《むざん》な骸をさらしていた。そのたびに嫌疑《けんぎ》をかけられたのが、三之助だったのだ。

三之助は長らく恵渡の闇にはびこり、人丹を売りさばいてきた悪人中の悪人である。

だがそれだけに異様に用心深く、限りなく黒に近い灰色とされつつも決定的な証拠を掴ませず、のらりくらりと捕縛の手から逃れ続けてきた。五年前も三之助は取り調べを受けたが、帳面によれば証拠不十分とされ、解き放たれている。

……うん？　五年前と言えば……。

「当時は亡き安房守《あわのかみ》どのが奉行の座に在《あ》られ、陣頭《じんとう》指揮を執《と》られたはずだな」

念のため確かめてみれば、同心は無言で首を振った。…思った通りだ。おそらく安房守は多額の賄賂《わいろ》か女とでも引き換えに、三之助を釈放させたのだろう。

――俺はこう見えてもそれなりに甲斐性はある男ゆえ、町奉行となったお前にも尽くすつもりでいるのだぞ。

明星がそう言ったからには、五年前のこの事件は幸吉の行方に必ず関係がある。以前もそうだった。闇に住まう身でありながら、明星は好文に手柄を立てさせるため、同じ闇社会の住人をたやすく売ってみせるのだ。

……今回売られたのは三之助だろう。つまり幸吉も、三之助にかどわかされたということなのか？

幸吉もまた大店の子であり、良質な生き肝が取れる赤子だ。三之助の手の者にかどわかされたのを、乳母が混乱し、閻魔に喰われたと思い込んだのだろうか。

…いや、だとすれば何故、閻魔像は幸吉のおくるみを咥えていた？　三之助たちがやったのだとして、どうしてそんなことをする必要があった？

「――内与力《うちよりき》様。少々、よろしいでしょうか」

考え事にふけっていると、細く開いた襖から高江が現れた。好文の代わりに、茨木が苦々しげな顔で応対してくれる。

「何事だ。御奉行が今、お調べ中だというのに」

「それが…、先ほど役宅から小者が使いに参りまして。桃若《ももわか》と申す男が、御奉行にどうしてもお目にかかりたいと、騒いでいるとのことで…」

「……桃若だと？」

好文は同心に礼を告げ、役宅に急いで帰った。すると玄関で下働きたちに囲まれ、うろたえていた桃若がぱっと顔を輝かせる。

「錦さ…、…左衛門尉様！」

「これ、貴様！　控えぬか！」

どう見ても町人の桃若は、本来なら好文とはじかに口をきくことすら許されぬ身だ。まなじりを吊り上げて止めようとする下働きたちを下がらせれば、桃若ははあっと息を吐きながら左胸を押さえた。

「助かったぁ…。ぼこぼこにされて、河原にでも捨てられるかと思いやした」

「町奉行の役宅に駆け込んでおいて、その程度で済むのなら重畳《ちょうじょう》だろう。場合によっては斬り捨てられていたぞ」

「うひぃっ…、勘弁して下せえよぉ…」

冷ややかに告げる茨木に震え上がりつつも、桃若は忠義な家臣よろしくぴしっと正座し、まっすぐに好文を見上げた。

舞台では武士も演じるだけあって、なかなか堂《どう》に入《い》っている。

「御奉行様に申し上げます。勝五郎とお照の居場所を、突き止めましてございます…！」

半刻後《はんとき》、好文《よしふみ》は錦次《きんじ》の格好で桃若《ももわか》が教えてくれた品所《ほんじょ》の瓢箪長屋《ひょうたんながや》に向かっていた。もちろん、浪人姿の茨木《いばらぎ》も一緒だ。

「桃若のやつ、ちょっと会わねえ間にずいぶん売れっ子になってやがったんだな…」

昨日、好文たちと別れた後、桃若は自分の贔屓筋《ひいきすじ》に勝五郎《かつごろう》を知らないか聞いて回ったそうだ。贔屓筋は桃若の歓心《かんしん》を買おうとおおいに張り切り、己の知人縁者にも声をかけていった結果、とうとう今の勝五郎を知る者にたどり着いたのである。人海戦術《じんかいせんじゅつ》の勝利と言おうか、人手の限られた奉行所《ぶぎょうしょ》では不可能な作戦だ。

押し付けられる付け文《つぶみ》の断り方がだいぶ上手くなってきた茨木が、ふっと微笑んだ。

「それも錦次のおかげでしょう。貴方《あなた》が喜んでくれるのなら、どんなことでもして差し上げたくなる。錦次にはそういうところがありますから」

「…そう、か？」

「はい。…お父上様に、よく似ておいでです」

敬愛する父に似ていると言われて嬉しいのに、ちくんと胸が痛んだ。…茨木が、父の愛人でもあると知っているから。

父が茨木に求めているのは好文に絶対服従する駒《こま》であることだけだと、茨木は言っていた。茨木もまた、好文の母親代わりであるために愛人の立場に甘んじているようだった。

だが、好文は疑問に思ってしまうのだ。利害が一致したがゆえの関係――父と茨木は、本当にそれだけの関係なのだろうかと。明星《あかぼし》という、公《おおやけ》には出来ない存在を持った今は尚更。

……父上が任期を終えて永崎《ながさき》から帰られたら、一度しっかりお話ししなければなるまい。陽ノ本《ひのもと》では、跡継ぎさえ別にもうければ、男同士の婚姻も認められている。もしも茨木が父を心の奥で思っているのなら、養われた身としては協力してやりたい。

「…ああ、あそこのようですね」

好文の胸の内など知らず、茨木は表通りの一本奥にある裏長屋を眼差しで示した。

入り口の粗末《そまつ》な木戸《きど》には、桃若が教えてくれた通り、目印代わりの古びた瓢箪がぶら下がっている。大昔に酔っ払った店子《たなこ》が飾ったもので、本当は甚助《じんすけ》長屋というのだが、今では誰もが瓢箪長屋としか呼ばなくなったそうだ。

「姐《ねえ》さん、ちょっと聞いてもいいかい？」

ちょうど振《ふ》り売《う》りから菜《な》っ葉《ば》を購《あがな》い、手前の家に引っ込もうとしていた太めの女に、好文は声をかけた。面倒くさそうに振り返った女は好文がにこりと笑いかけたとたんしみだらけの顔を緩《ゆる》め、背後の茨木に気付くと乙女のように頬を染める。

「な、何の用だい？」

「実は、人を探してるんだ。この長屋に勝五郎って男が引っ越して来なかったかい？　夫婦者で、お照《てる》っておかみさんと二人のはずなんだが」

「…勝五郎とお照ちゃんなら、確かに、こないだ越してきたけど…」

いぶかしげに眉を寄せられ、怪しまれているのかと不安になったが、女は思いがけないことを口にする。

「人違いじゃないのかい？　だってあの二人は、子連れだったからね」

「…子連れ？」

「ああ。太一《たいち》っていう、生まれたばっかりの可愛い赤ん坊だよ。…あ、ほら」

目を丸くする好文に、女は奥の井戸を指差してみせる。手拭《てぬぐ》いを姉さんかぶりにした若い女が井戸端《いどばた》にしゃがみ込み、大きなたらいいっぱいの洗濯ものを洗っていた。こちらに向けられた背中には、すやすやと眠る赤ん坊がおぶわれている。

「あれが、お照ちゃんと太一坊だよ」

「あの赤ん坊…、本当に二人の子かい？」

「おかしなこと聞くね。自分の子でなきゃ、どうして赤ん坊なんか育てるってのさ」

それはその通りなのだが、おかしいのは女の方なのだ。勝五郎とお照が閻魔詣《えんまもう》でをしてまでようやく授《さず》かった子は、流れてしまったはずなのだから。

「…錦次、赤子の項《うなじ》を見て下さい」

茨木に耳打ちされ、好文はあっと声を上げそうになった。お照に背負われた赤ん坊の項には、花のような赤いあざがあったのだ。

高江《たかえ》が駿河屋《するがや》から取った調書によれば、幸吉《こうきち》の項には赤い花のようなあざがあるそうだ。同じあざを持つ赤ん坊が、そうそう居るとは思えない。

……まさか、あの赤ん坊は幸吉なのか？

同じ疑問を抱いたのか、茨木が無言で頷いてみせる。あの赤ん坊が本当に幸吉なら、駿河屋も町奉行所も見付け出せなかったのは当然だ。閻魔に喰われたと噂で持ち切りの大店の息子が、しがない鳶《とび》の夫婦に養われているなど、誰も想像しないだろうから。

だが、疑問は解消されるどころか、次々と湧いて出る。

明星は鬼心《きしん》の三之助《さんのすけ》に我が子を殺された者たちの名を告げた。…幸吉もまた三之助の毒牙《どくが》にかかったのだと、ほのめかしたのだ。

なのに何故、幸吉は三之助の手の者ではなく、勝五郎とお照のもとに居る？　もしや勝五郎は三之助の仲間なのか？　だとすればどうして、肝《きも》も取らず幸吉の世話をしているのだ？

「――錦次」

まるで纏《まと》まらない思考は、低い警告に打ち切られた。大刀《だいとう》の鯉口《こいくち》を切りながら、茨木は好文を背に庇《かば》う。

「…きゃあああっ！　何なの、あんたたちは…！」

反対側の木戸からすさんだ空気を纏ったごろつきがぞろぞろと現れ、お照を取り囲んだ。好文と話していた女が、手にした菜っ葉を振り上げながら駆け寄っていく。

「ちょいとあんたたち、何やってんだい！」

「……」

ごろつきの一人は女を無感動に一瞥《いちべつ》するや、止める間も無く拳《こぶし》を振り上げた。

好文はとっさに足元の石を拾い、しゅっと投げ付ける。

「…ぐっ…!?」

「逃げな、姐さん！」

拳につぶてを受けたごろつきが怯《ひる》んだ隙に叫べば、女は転がるように逃げ去っていった。何だ何だ、と腰高障子《こしだかしょうじ》から顔を覗かせた長屋の住人たちも、ごろつきたちに睨まれるなり慌てて引っ込み、心張り棒《しんばりぼう》を噛ませる。

……そうだ、それでいい。

まともな男なら女に手を上げるのをためらうものだが、あのごろつきは迷わず女を殴ろうとした。ごろつきなんて可愛いものではなく、暴力を生業《なりわい》とする悪党である証拠だ。下手に邪魔をすれば、最悪、命を取られかねない。

懐《ふところ》に匕首《あいくち》くらいは呑んでいるだろうが、幸い、腕はたいしたことがなさそうだ。茨木が付いていてくれれば、一方的にやられたりはしまい。

「…実醇《さねあつ》？」

くん、と袂《たもと》を引かれ、好文はにじり出ようとした足を止めた。鋭く眇《すが》められた茨木の殺気に満ちた瞳は、怯《おび》えきったお照やこちらを警戒するごろつきたちのさらに奥――木戸の向こうを射《い》ぬいている。

「いつまで隠れているつもりだ、『百人斬り』」

「…な、…っ⁉」

ひゅっと乾いた喉が鳴ったとたん、全身の肌が一気に粟立《あわだ》った。

膨《ふく》れ上がる悪寒《おかん》。にもかかわらず熱を帯びていく背中。…馬鹿な。居るわけがない。あの男が。こんなところに。

「――さすがに、鬼子母神《きしぼじん》は騙《だま》せなかったか」

笑みを含んだ声音と共に、死角になっていた木戸の奥から長身の男が足音もたてずに進み出た。ひりひりと肌を焼くような殺気に、お照はへたりこみ、仲間であるはずのごろつきたちまでもが青ざめる。

「可愛い俺の花に血なまぐさい光景など見せたくはなかったから、慎《つつ》ましく隠れていたのだがな」

「……明、星……」

どうか人違いであってくれ。一縷《いちる》の望みを嘲笑《あざわら》うように、湿気を含んだ風が吹き抜けた。舞い上がった長い髪の下で、金色の右目が陽炎《かげろう》のように揺らめく。

「こんなに早く会えるとは思わなかったぞ、好文。優秀な下僕を持ったようだな」

「何故…」

言ってすぐ、愚問《ぐもん》だと悟《さと》った。離れている間も、この男はずっと好文をどこかから見ているのだ。昨夜、そう確信した。桃若が好文のために奔走《ほんそう》したことも、役宅《やくたく》に駆け込んだことも、当然知っているのだろう。

だが、明星は愛《いと》おしそうな表情を崩さぬまま、小刻みに震えるお照に…いや、その背でぐずり始めた赤ん坊に目を向ける。

「その赤子に、あるべき運命をたどらせるため」

「あるべき、運命…？」

「そう。…その赤子は、お前のために死ななければならない。脳髄《のうずい》と生《い》き肝《ぎも》を抜かれて、な。それが俺の筋書きだ」

「…、何を…っ」

すくみ上がっていたお照が、気丈にも明星を睨み付ける。母親を援護《えんご》するように、背の赤ん坊もふぎゃふぎゃと泣き出した。

「あんた、うちの子に何言ってんだい⁉　の、脳髄と生き肝を、なんて…」

「お前の子ではないだろう？」

冷ややかに睥睨《へいげい》され、お照はひくりと喉を上下させる。

「…あ、あたしは…」

「お前を害するつもりは無い。…欲しいのは、その赤子だけだ」

明星の目配せを受け、ごろつきたちがお照の背から赤ん坊をむしり取ろうとする。

まずい、と思った瞬間、好文は茨木の腰から脇差《わきざし》を奪い、走り出していた。

「錦次…っ！」

好文の無事しか眼中《がんちゅう》に無い茨木も、こうなれば飛び出さざるを得ない。主従はそれぞれ脇差と大刀を抜き放ち、お照に群がるごろつきたちに斬りかかる。

「――悲しいぞ、好文」

切ない囁きと同時に真横からくり出された斬撃《ざんげき》を避けられたのは、ほとんど奇跡…ではない。避けさせてくれたのだと、すぐに理解した。まばたきの間に背後まで忍び寄っていた明星が、愛しそうに微笑んでいたから。

「俺というものがありながら、他の男に目移りか？」

「く、…っ」

「…錦次…！」

一撃でごろつき二人の腕を斬り落とし、茨木は明星と好文の間に割って入ろうとした。そこへ、様子を窺っていたもう一人が背後から大刀の抜き打ちを放つ。

「きぇええぇいっ！」

「……っ…」

右足を軸《じく》に回転しながら、茨木は横薙《よこな》ぎの一閃《いっせん》を白刃《はくじん》で受け流した。防がれるとは思わなかったのだろう。ぎょっとしつつもすぐさま体勢を立て直す男は、おそらく相応の腕を誇《ほこ》る剣客《けんかく》だ。もとは武士だったに違いない。

「今だ、やっちまえ！」

腕を失い、痛い痛いと泣きわめく仲間には目もくれず、残りのごろつきたちがいっせいに茨木に襲いかかる。ざっと七人ほどか。

一人一人は茨木に遠く及ばずとも、束になれば厄介《やっかい》だ。動けないお照を庇《かば》い、剣客の攻撃をあしらいながらでは尚更。

……実醇！

助けに入りたくても、茨木のもとに踏み出そうとするたび、ぎりぎり防げる間合いで放たれる斬撃に出鼻をくじかれる。受け止めた好文の手がびりびりと痺《しび》れるほどの剛剣《ごうけん》を軽々と遣いながら、微笑んだままの明星に遊ばれている気分だ。

……いや、遊んでもらっているのかもしれぬ。

明星に好文を弄《ろう》するつもりなど、きっと欠片《かけら》も無い。好文と刃《やいば》を交えることが嬉しいのだ。愉《たの》しいのだ。…本当に、それだけなのだ。たった一人で家老の一族郎党《いちぞくろうとう》を殺し尽くした、この男にとっては。

「……このっ…！」

胴《どう》に叩き込もうとした一撃は、一歩下がっただけでやすやすとかわされる。そのまま斬り上げることも出来ただろうに、明星はくっと喉を鳴らしただけで刀を正眼《せいがん》に構えた。一見、まるで力が入っていないようでありながら、どこにも隙が無い。

――お前はいったい、何を企《たくら》んでいるんだ⁉

息継ぎをするのもやっとでなかったら、そう詰め寄ってやりたかった。お照の赤ん坊の脳髄と生き肝を抜いて死なせるだなんて、それが好文のための筋書きだなんて、どういう意味なのだと。

…でも、本当は…。

「俺の胸の内など、とうにわかっているのだろう？」

好文が余裕をもって防げるぎりぎりの間合いを見計らい、大刀を閃《ひらめ》かせながら、明星は甘い声をしたたらせる。

「俺が考えているのは、いつでもお前だけだ。…お前を、ここに呼ぶことだけだ」

大刀に添えられた左手が、すっと己の左胸に当てられる。昨夜、何度も重なり、分かち合った鼓動――。

「…うぉおおっ！」

つかの間、熱に彩《いろど》られた記憶に酔っていたのは、明星も同じだったのかもしれない。さもなくば、茨木の隙を突いた剣客が好文を背後から襲うことなど絶対に許さなかっただろう。

「錦次！」

「…っ……！」

育ての親であり剣の師でもある男の鋭い叫びに、好文はとっさに脇差を捨てて素早くしゃがみ込んだ。ちり、とかすかな痛みが走り、剝き出しの背中が空気にさらされる。

……わずかに、間に合わなかったか……。

剣客の一撃は好文の肌には届かなかったが、小袖《こそで》の後ろ身頃《みごろ》を斜めに切り裂いた。

剣客がはっと息を呑む気配がする。好文の背中には、桜吹雪《さくらふぶき》の彫り物が鮮《あざ》やかに浮かび上がっているのだろう。…恵渡の闇を統《す》べる男の、情人《じょうじん》の証《あかし》が。

この世の果てまで追いかけられ、報復されるのを覚悟で逃走するか。いっそここで腹を切るか。

剣客が逡巡《しゅんじゅん》出来たのは、ほんの一、二拍にも満たなかったに違いない。

「ぎゃあああっ……！」

好文の前後で膨れ上がった殺気が、剣客を巨大な獣のあぎとのごとく呑み込んだ。笑みを消

した明星の刃が剣客の首を斬り飛ばすのと、我が子を奪われかけた茨木が背中から心の臓を貫《つらぬ》くのと、どちらが早かったのか。

…剣客にとっては、どちらでも問題はあるまい。痛みすら感じず、一瞬で冥土《めいど》に渡れたのであれば。

「…か…、影山《かげやま》さんがやられちまった…」

「明星の旦那、これじゃあ約束が違うじゃねえか！　親分に報告させてもらいますぜ！」

肝を潰したごろつきたちはうろたえ、頬傷《ほおきず》のある大柄な男が唾《つば》を飛ばしながら明星に噛み付く。戦闘には加わらず、あたりを警戒していたから、ごろつきたちの中心的な人物なのだろう。

「……約束？」

腹の底が冷たくなるような明星の呟きに、嫌な予感を覚える。黙れ、とごろつきたちに警告する間など無かった。好文が口を開く前に、明星は峰《みね》に返した刀を叩き込んでいたのだから。

「…こやつらは…、お前の仲間ではなかったのか…？」

落とされた首の放つ血臭《けっしゅう》に吐き気を覚えつつも問えば、明星は再び唇に笑みをたゆたわせる。

「ただの駒《こま》だ。…たとえまことの仲間であろうと、お前を害する者を、俺が許すはずがなかろう？」

「貴様……」

茨木が低く唸《うな》り、好文の前に進み出た。剣客の心の臓を貫いたはずの刃も、首を落とした明星の刃も、鋼《はがね》のきらめきを宿したままだ。血のしずく一つ付着《ふちゃく》する暇も無く、肉を断《た》った証である。どんなに修練《しゅうれん》しても、好文ではとうていこうはいかないだろう。

『百人斬り』と茨木。天賦《てんぶ》の才を持つ者同士が睨み合う光景は、好文が決して見たくなかったものなのに。

「…可愛い俺の花に免《めん》じ、今日のところは引いてやろう。我が子を守ろうとする母ほど、厄介な敵も居《お》らぬゆえ」

音も無く大刀を鞘《さや》に収め、明星はくるりときびすを返した。茨木は無防備にさらされた背中を忌々《いまいま》しそうに睨んだが、己も納刀《のうとう》し、とっさに追いかけようとした好文を止める。

「いけません、錦次」

「…実醇、だが…」

首を落とされた剣客と頬傷の男以外のごろつきたちも、死なない程度に手傷を負わされ、あたりに倒れている。後で事情を問いただせるよう、茨木が加減してくれたのだろう。

このごろつきたちは何者なのか、どうしてお照の赤ん坊が脳髄と生き肝を取られて死ななければならないのか。明星にたださなければならないことは、山ほどある。

「口惜《くや》しいですが、あれを」

茨木は明星が消えたのとは反対側の木戸を指差した。土煙《つちけむり》を巻き上げる勢いで、印半纏《しるしばんてん》に股《もも》引《ひき》姿の若い男が駆け込んでくる。

「お照っ、お照と太一は無事か⁉」

「…お前さん！」

目の前でくり広げられた惨劇《さんげき》に気を失いかけていたお照が、涙でぐちゃぐちゃの顔をぱっと輝かせた。と言うことは、あれが勝五郎か。鳶らしく腕っぷしの強そうな、頑固そうな男だ。

「お照、太一！　……って、てめぇら、こいつらの仲間か⁉　またこの子を殺しに来やがったのかよ…！」

勝五郎は傷一つ無いお照と赤ん坊に安堵しかけたが、あちこちに倒れたごろつきや首を切断された剣客の骸《むくろ》を目にするや、無傷で立っている好文たちに向かって太い眉を吊り上げた。

「ちょ…っ、ちょいとお待ちよ。そのお人たちは、お照ちゃんたちを助けてくれたんだよ！」

摑みかかろうとするのを止めたのは茨木ではなく、はあはあと息を切らしながら追いかけてきた女だ。好文が最初に話しかけた、あの太めの女である。家に逃げ込んだとばかり思っていたら、勝五郎を呼びに走っていたらしい。

「何だって？　…お照、本当なのか？」

「う、うん。こいつらがいきなり襲ってきて、この子の生き肝を取るだの何だのって言うんだよ。一番おっかないのは、逃げちまったけど…」

「生き肝だと…⁉」

くわっと見開かれた勝五郎の目がとらえたのは、約束が違うと明星に食ってかかっていた頬傷の男だ。

峰打ちにされ、大の字で伸びてしまった男に、好文は今さら違和感を覚える。最も戦力となりうる剣客は殺したのに、この男は何故生かされた…？

——その赤子は、お前のために死ななければならない。脳髄と生き肝を抜かれて、な。それが俺の筋書きだ。

明星の意味深長な言葉がふいに胸をよぎった。…五年前、脳髄と生き肝を取られて殺された大店の子どもたち。その犯人とされる鬼心の三之助。閻魔像の前で消えたとされる幸吉。幸吉と同じあざを持つ太一を、明星はお照の子ではないと言っていた…。

「…勝五郎。お前さん、その子が殺されそうになるところを見たことがあるのかい」

ちりばめられた手がかりが、頭の中で組み上げられていく。確証が欲しくて尋ねれば、勝五郎は不審そうに鼻をうごめかせた。

「何だ、おめえ…」

「俺は錦次。見ての通りけちな遊び人だが、女子《おんなこ》どもを手にかけようって悪党は見逃せない性質《たち》でね。助けに入らせてもらったのさ。…で、どうなんだ？」

勝五郎は『また』この子を殺しに来たのかと口走った。つまり過去にも、太一と呼ばれるこの赤ん坊が殺されそうになるところを目撃したことがあるのだ。

己の失言をようやく悟《さと》ったのか、勝五郎ははっと口を押さえたが、何も答えようとしない。

お照もまた、いつの間にか泣きやんだ赤ん坊を胸に抱き直しながら、気まずそうに顔を逸《そ》らしてしまう。

「答えられねえんなら次の質問だ。…お照さん。あんたが抱いてるその赤ん坊は、閻魔《えんま》に喰われたって大騒ぎになってる駿河屋の子、幸吉じゃねえのかい」

「なっ……」

「違《ちげ》え！　この子は、…太一は俺とお照の子だ！」

蒼白になるお照を庇うように、勝五郎はばっと両手を広げた。鯉口を切ろうとした茨木に首を振り、好文はまっすぐに勝五郎を見据《みす》える。遊び人の錦次ではなく、北町奉行の真摯《しんし》な眼差しで。

「…幸吉は駿河屋の旦那がやっと授《さず》かった一粒種《ひとつぶだね》だってね。聞いた話じゃあ、駿河屋の旦那は今でも諦めずに探し続け、幸吉のおっかさんは悲しみのあまり多川《おおかわ》に身投げしようとしたそうだ」

「…そ、んな…」

「違ぇ！　違ぇったら、違うんだ！」

今にもくずおれてしまいそうなお照を、勝五郎は赤ん坊ごと抱き締める。

「太一は俺たちの子だ！　…閻魔様が、返して下さったんだ…！」

「…閻魔、だって？」

子を授けてもらうため、勝五郎は毎日閻魔詣《もう》でをしていたという。

火事の多い恵渡では、勝五郎のような鳶は火消し人足《にんそく》も兼ねるのが常だ。ふだんは普請《ふしん》現場の高い足場で作業し、いざ火事となれば屋根から屋根を飛び移りながら懸命に火を消して回る。

もの言いたげだった水晶の眼が記憶の底で光を放ち、疑問の闇を照らし出す。高さ一丈《じょう》六尺《しゃく》の閻魔像に登るなんて、普通は無理だ。でも――。

「鳶のお前さんなら、焔王寺《えんおうじ》の閻魔様にも登れるんだろうな」

「…う、…っ…」

ためしに揺さぶりをかけてみれば、勝五郎の四角い顔はぎくりと強張《こわば》った。…やはり、そうなのか。幸吉が消えたあの日、勝五郎は閻魔堂で…。

「…二人と赤ん坊を、奉行所《ぶぎょうしょ》に連行させますか?」

黙って見守っていた茨木が、大刀の柄《つか》に手をかける。

これだけの騒ぎだ。さほど経《た》たず、同心《どうしん》たちが駆け付けるだろう。そこで身分を明かし、勝五郎とお照を赤ん坊と一緒に町奉行所へ連れて行かせたらどうかと茨木は言っているのだ。

駿河屋卯兵衛《うへえ》に確認させれば、赤ん坊が幸吉かどうかはすぐにわかるだろう。

何故勝五郎とお照が幸吉を太一と偽《いつわ》り、育てていたのかは、責め問いにかければ吐かせることは可能だ。父の鷹文《たかふみ》なら、迷わずそうするに違いない。

「不逞《ふてい》の輩《やから》が暴れておるというのは、ここか!?」

迷う間に、着流しに黒羽織《くろばおり》姿の高江が配下の岡《おか》っ引《び》きたちと共に走り込んできた。好文はとっさに茨木に耳打ちをする。

「あのごろつきたちは、お前がたまたまお照に絡んでいるところに通りがかり、助けてやったことにしてくれ。赤ん坊が幸吉かもしれないことは、絶対に言うな」

かなり苦しい言い分だが、町奉行の内与力筆頭《うちよりきひっとう》であり、凄腕《すごうで》の剣士でもある茨木の主張なら、そのまま通るだろう。高江は茨木をやたら恐れているから、深く追及などすまい。

茨木が何も聞かずに頷いてくれたので、好文はさっと物陰に隠れた。

案の定高江は茨木の登場に狼狽《ろうばい》し、軽く事情を聞いただけで礼を言うと、倒れたごろつきたちの捕縛《ほばく》や剣客の骸の検分《けんぶん》にかかる。引っ込んでいた長屋の住人たちもどんどん現れ、何があったのかと質問責めにするものだから、あの太めの女も隠れた好文をいぶかしむ暇すら無いようだ。

勝五郎はお照と赤ん坊を部屋に戻らせ、自分だけで高江に受け答えをしている。赤ん坊の正体を一番隠しておきたいのは勝五郎だ。町奉行の内与力である茨木と同行していた好文の素《す》性《じょう》は気になって仕方ないだろうが、己が怪しまれるような言動は慎《つつし》むだろう。勝五郎の口から高江に、好文とのやり取りが伝わることは無いと見ていい。

やがて高江と別れた茨木が、好文のもとに戻ってくる。

「お待たせしました。もう町奉行所に帰られますか？」

「…いや、その前にちょっと寄りてえところがある」

組み立てたばかりの仮説が正しいかどうか、どうしても必要なのだと主張すれば、茨木は苦々《にがにが》しげに眉を寄せつつも頷いてくれる。

「わかりました。そういうことでしたら私もご一緒しますが…その前に、これを」

「うわっ…」

茨木は着ていた小袖を素早く脱ぐや、ばさ、と好文の頭からかぶせた。

これでは茨木が襦袢《じゅばん》と袴《はかま》だけの姿になってしまう、と思いきや、美しい母親代わりはきちんと小袖を着込んでいた。決して寒くはないのに、二枚重ねていたらしい。

「おい実醇、勘弁してくれよ…」

こんなふうに頭から小袖をかぶるのはわけありか、高貴な生まれの女と決まっている。『遊び人の錦次』には少々気恥ずかしい上、悪目立ち間違い無しだ。

「かぶっていて下さい。…まだ、背中に桜吹雪が浮かんでいますので」

「…っ、……わかった」

好文は仕方無しに、小袖が落ちぬようかき合わせた。並んで歩き出した茨木は何も言わないが、背中の桜吹雪の存在を忌々しく思っているのは伝わってくる。

——私の好文様に、何と言う真似を…『百人斬り』め、許《ま》さぬ……！

不知火《しらぬい》の彦三《ひこぞう》のお白洲《しらす》の後、初めて桜吹雪の彫り物を目の当たりにした茨木は、涙を流しながら悔しがっていた。

叶うなら消してしまいたかったようだが、彫り物を消すには炎で焼いてしまうしかない。好文の肌をこれ以上痛め付けるよりはと、渋々諦めてくれたが、今でも桜吹雪を…明星の存在を、認めたわけではないのだ。

無言のまま半刻ほど歩き続け、たどり着いたのは焔王寺だった。昨日も道を教えてくれた小坊主がまた掃《は》き掃除をしているのを見付け、好文は声をかける。

「おおい、小坊主さん」

「…あ、昨日の…！」

一朱金《いっしゅきん》のご利益《りやく》はまだ有効らしく、小坊主は好文たちを認めると笑顔になった。

「また閻魔様に詣でられるのですか？」

「そうなんだが、ちょっと気になってることがあってね。小坊主さんに少し手伝ってもらえるとありがてえんだが」

「…え、手伝いですか？」

何をさせられるのかと身構えた小坊主の手に、好文は小さな紙包みをさっと握らせた。中身は、来る途中で買っておいた老舗《しにせ》菓子店の砂糖菓子だ。

町人として暮らして初めて知ったことだが、讃岐《さぬき》や西海道《さいかいどう》からはるばる運ばれてくる砂糖は非常に高価で、薬種問屋《やくしゅどんや》で量《はか》り売りされるのが常だった。その砂糖をふんだんに用いた菓子とくれば、庶民《しょみん》の口にはめったに入らないぜいたく品である。

「私でよろしければ、何でもお手伝いさせて頂きます！」

子どもには金子《きんす》よりも甘い菓子の方が効き目がある。好文の狙い通り、小坊主は砂糖菓子を握り締めながら請《う》け負《お》ってくれた。気が変わらないうちにと、好文は小坊主と茨木を連れて閻魔堂に向かう。

今日もひとけの無い閻魔堂で、閻魔はかっと口を開いていた。炯々《けいけい》と人間を見下ろす巨大な水晶の眼を、好文は指し示す。

「あの目なんだが、何かいつもと違うところは無いかい？」

「…いつもと、違うところ…ですか？」

「ああ。出来たら近くに寄って、じっくり確認してもらいてえんだが」

人喰いと揶揄《やゆ》されても寺にとっては大切な仏像だから、定期的に御身拭《おみぬぐ》いはされているだろう。その折に使われるはしごか踏み台でも用いれば、閻魔の顔を間近で確認出来るはずだ。

小坊主は嫌そうな顔をしたが、砂糖菓子を二つほど追加してやるとすぐさまはしごを取って来た。壁に立てかけたはしごのてっぺんにするするとのぼり、あっと声を上げる。

「水晶が、ずれています…！」

「…そいつは、確かかい？」

「皆が嫌がるので、私がいつも閻魔様の御身拭いをさせて頂いてるんです。ほんの三寸ほどですが、先日の御身拭いの時より、確かに前へせり出しています……！」

閻魔の両目にしっかりと嵌《は》め込まれた水晶玉は、直径八寸（約二十四センチ）ほど。かなりの重量があり、よほど強い力を加えない限り動くような代物《しろもの》ではないという。

……やはり、そうだったか……。

人喰い閻魔の祟《たた》りかと怯える小坊主を適当に慰め、好文は茨木と共に役宅へ戻った。小袖と袴に着替えて早々、執務を任せていた五人の内与力たちがぞろぞろと現れ、やれ着替えのお手伝いだのやれお茶の支度だのと世話を焼きたがるのを、茨木がぴしゃりと追い出してくれる。

「…あやつら、何故俺の世話ばかりしたがるのだ？」

父が厳選した美形揃いの内与力たちが競《きそ》うように好文の傍《そば》にはべりたがるのは、今日に始まったことではない。派遣されてきたその日から、彼らは茨木の目を盗んでは好文の世話を焼こうとした。全て、茨木に阻止《そし》されたが。

「好文様は統山《とうやま》家のただお一人の跡継ぎ。永崎《ながさき》においでの殿の、掌中《しょうちゅう》の珠《たま》でいらっしゃいます。家中の者がお世話をしたがるのは、当然かと」

「そういうものか？　だが俺には実醇が居るのだから、他の者など必要無いだろう？」

「おっしゃる通りでございます。あの者たちにはまた、私からよく言い聞かせておきますので」

我が意を得たりとばかりに微笑む実醇から好みの熱さに淹《い》れられた茶を受け取り、渇いた喉を潤《うるお》す好文は、まだ知るよしも無かった。五人の内与力たちもまた父・鷹文の愛人であり、鷹文の寵愛《ちょうあい》を…好文の母親代わりの地位を茨木と競い合っているなどとは。

「ところで、好文様。こたびの一件、好文様はいかがご覧になっているのですか？」

湯呑《ゆのみ》が空になり、茨木に問われる頃には、好文はばらばらだった手がかりを纏《まと》め上げていた。

うむ、と頷き、青磁《せいじ》の湯呑を茶托《ちゃたく》に戻す。

「まず、お照が背負っていた太一と呼ばれる赤ん坊だが…十中八九、行方知れずになった駿河屋の幸吉だと思う」

「同感です。あの珍しいあざのある赤ん坊が、同じ時期に二人も出てくるとは思えませんから」

「だな。だったら次に考えるべきは、乳母のもとからこつぜんと消えたはずの幸吉が、どうやってあの夫婦の手に渡ったのかだが…」

核心に触れようとしたところで、御奉行、と襖《ふすま》の外から声をかけられた。高江だ。役宅に帰り着いた時、瓢箪長屋で捕らえたごろつきたちや剣客の身元が判明したらただちに報告するよう小者に連絡させておいたのだが…少々、早すぎやしないだろうか。

首を傾げる好文の代わりに、茨木が襖を開けてくれた。高江は一瞬だけ怯えを浮かべたものの、すぐさまばっと両手をつかえる。

「申し上げます。瓢箪長屋で捕縛した者どもは、かの悪党、鬼心の三之助の一味と判明いたしました」

「…っ、まことか？」

「はっ。中でも頬に傷のある男は三之助の腹心《ふくしん》、伊左次《いさじ》。例繰方《れいくりかた》の記録に人相書《にんそうがき》が残っております。三之助と共に、我ら奉行所の手を逃れ続けてきた男にございます……！」

高江が珍しく興奮を露《あら》わにするのも当然だった。三之助に繋がる有力な手づるを、奉行所は初めて摑んだのだ。これほど早く素性が判明したのは、人相書が残っていたおかげだったのだろう。

三之助の腹心である伊左次が配下を引き連れて現れたのなら、お照が襲われたのは人丹《じんたん》の売買絡みに違いない。

「襲われたお照と夫の勝五郎は、伊左次とは何の面識も無いと申しております。何らかの事情で急きょ人丹が必要になったものの、素材が手に入らず、やむなく白昼堂々お照たちを狙ったのではないかと」

「…そうか。ご苦労だった。引き続き、取り調べに励《はげ》んでくれ」

「ははぁっ！」

意気揚々《ようよう》と高江が引き上げていった後、好文は詰めていた息を吐いた。

「お照と勝五郎は、嘘をついている」

「ええ。少なくとも勝五郎は、あの男を…伊左次とやらを知っているはずです」

明星に食ってかかった、頬傷の男——伊左次。倒れたあの男を見た勝五郎が『また』殺しに来たのかとすごんだところを、茨木も目撃している。

「さっきの話に戻るぞ、実醇。幸吉はどうやってお照と勝五郎の手に渡ったのか。その結論を出す前に、考えておかなければならないことがある。…誰が一番、幸吉に消えて欲しがっていたか」

「それはやはり駿河屋卯兵衛の正妻、お澄《すみ》でしょう。入婿《いりむこ》の夫が妾《めかけ》に産ませた子に身代《しんだい》を渡すなど、家付き娘としても妻としても許しがたいでしょうから」

「そうだ。お澄は幸吉を心から恨んでいる。鬼心の三之助…子どもの脳髄や生き肝を奪う悪党に、渡してしまうほどにな」

「……っ！　では幸吉は、あの日…」

黒々と澄んだ瞳を見開く茨木に、好文は頷いた。

「消えたのでも、閻魔に喰われたのでもない。お澄の命《めい》を受けた乳母によって、三之助の手下…伊左次に引き渡されるところだったのだ。その受け渡し場所が、焔王寺の閻魔堂だったのだろう」

参拝客はおろか、寺の僧侶すら怖がってろくに寄り付かない閻魔堂は、受け渡し場所としては最適だ。

幸吉の母親の住む別宅と弐本橋《にほんばし》の駿河屋との中間にあるから、自然に連れ出すことも出来る。伊左次に渡してしまった後は、閻魔に喰われてしまったと騒げばいい。

「だが、そこで伊左次にもお澄たちにとっても予想外の事故が起きた。だから三之助ではなく、お照と勝五郎のもとに渡ったのだ」

「…好文様は、そこに勝五郎が絡んでいると思われた。だから先ほど、焔王寺に立ち寄られたのですね」

「ああ。…初めてあの閻魔像を見た時、奇妙な感じがしたんだ」

まるで、閻魔が何かを伝えたがっているような…とその時は思ったのだが、幸吉であるはずの赤ん坊を閻魔に返してもらったのだと勝五郎が叫んだ瞬間、閃《ひらめ》いたのだ。高所《こうしょ》を自在に飛び回るこの男なら、高さ一丈六尺の閻魔像にもよじ登れるのではないかと。

果たして、閻魔の水晶の目は動かされていた。わずかなずれが、好文には何かを伝えたがっているように感じられたのだろう。

だが、直径八寸の水晶玉。かなりの重量のはずのそれが、勝手にずれるはずはない。すなわち――。

「あの水晶の目は、勝五郎によって動かされたのだ」

何のためかはわからない。単に、よじ登った時に弾《はず》みで動かしてしまっただけかもしれない。

だがあの日、閻魔像に登り、水晶の目を動かせたのは、勝五郎以外存在しないのだ。

目のある高さまで登れば、閻魔堂を鳥の視点で一望出来る。像の前で悪巧《わるだく》みをする者たちは、自分たちを上から見ている者が居るなど、夢にも思わなかっただろう。

好文と同じ結論に至ったらしい茨木が、震える指先を唇に這わせた。

「…では、勝五郎は…乳母が伊左次に幸吉を引き渡そうとするところを見てしまった…？」

「ついでに、脳髄と生き肝を抜いて殺そうとしていることも聞かれてしまったのだろうな」

欲しくて欲しくてようやく授かった子を流してしまったばかりの勝五郎は、見過ごすことなどとても出来なかったのだろう。我が子と同じ年頃の赤ん坊が、むごたらしく殺されるところなど。

だから伊左次と乳母の間に割って入り、幸吉を奪った。桃若《ももわか》がぶつかったのは、その直後のことだ。

黄昏時《たそがれどき》で、しかも幸吉はおそらく眠り薬を飲まされていた。勝五郎が抱えた幸吉に気付かなくても、無理は無い。

勝五郎はそのまま元の長屋に逃げ帰り、お照にことの次第を打ち明けた。…そして、夫婦は決意したのだ。我が子につけるつもりだった名を幸吉に与え、親子三人、新たな生活を始めることを。

そのために半《なか》ば夜逃げのようにして、両國橋《りょうごくばし》を渡った向こうにある瓢箪長屋に引っ越した。元の長屋では、子が流れてしまったことは周知の事実だから。

「残された乳母と伊左次は相当焦《あせ》っただろうが、ひとまずはこの場をしのぐしかない。天秤棒《てんびんぼう》か何かを使って幸吉のおくるみを閻魔に咥《くわ》えさせ、乳母は予定通り幸吉が閻魔に喰われたと泣きわめきながら駿河屋に駆け込んだ。そして…」

「伊左次は三之助のもとに戻り、経緯《けいい》を報告したのですね」

その後の展開は、考えるまでもない。

三之助は焔王寺周辺に手下を放ち、あの小坊主にでも勝五郎のことを聞き出したのだろう。桃若が贔屓筋《ひいきすじ》を動かしたように手下たちを恵渡じゅうに走らせ、瓢箪長屋にたどり着いたのだ。

鬼心の三之助。人の姿をした悪鬼《あっき》に赤ん坊を渡し、人丹の材料として殺させようとしたお澄の恨みの深さには、ぞっとさせられる。

だが、本当に恐ろしいのは三之助でも、お澄でもない。頭の奥底で、金色の瞳がゆっくりとまたたく。

「……お澄と三之助を結び付けたのは、明星だ」

「好文様…」

「あの男は駿河屋の正妻が妾腹《しょうふく》の子を殺したいほど憎んでいることを聞き付け、こたびの一件を仕組んだのだ」

己の手を汚さず、幸吉を始末してしまいたかったお澄。良質な人丹の素材を求める三之助。大店《おおだな》の正妻と闇組織の長の利害はぴたりと一致した。三之助としても、恵渡の闇に君臨する明星の仲介なら是非《ぜひ》も無く、腹心の伊左次を幸吉の受け取り役として遣わしたのだろう。明星のたなごころの上で踊らされているとも、知らぬままに。

伊左次は受け取った幸吉を三之助の待つ隠れ家に連れ帰り、予定通り脳髄と生き肝を奪って殺す。そこへ何者かから密告を受けた北町奉行所の捕り手《とて》たちがなだれ込み、三之助たちを一網打尽《いちもうだじん》にするのだ。幸吉の骸という動かぬ証拠がある以上、もはや言い逃れは出来ない。

それだけでも大手柄なのに、さらに三之助に幸吉を渡したのがお澄だと判明する。隠れ家からお澄の依頼書が見付かるか、責め問いにかけられた乳母が白状するかで。

なさぬ仲の赤ん坊をむごたらしく殺させた鬼母を捕らえ、五年前の連続殺人事件まで解決してみせた北町奉行・統山左衛門尉《とうやまさえもんのじょう》の名声は天下に鳴り響くだろう。駿河屋はもちろん、五年前に子を殺された大店の主《あるじ》たちも、好文に並々ならぬ感謝と敬意を抱くはずだ。

たった一人、幸吉の命を犠牲にするだけで好文に大手柄を挙げさせる。それこそが明星の書いた筋書きだと、今の好文にはわかる。…わかってしまう。何故なら。

「…幸吉が俺のために脳髄と生き肝を奪われて死ぬのが筋書きだと、あの男は言った」

こくり、と茨木が喉《のど》を鳴らす。

「だとすれば、幸吉が勝五郎夫婦の手に渡ったのは、あの男にとっても不測の事態だったというわけですね…」

「そういうことだな。さもなくば今日、わざわざあの男自身が三之助の配下に付き合ってやる必要は無かった」

明星が自ら瓢箪長屋に現れたのは、筋書きを修正させるためでもあっただろうが、好文たちの存在も大きいはずだ。伊左次や他のごろつきたち程度では、好文にも、茨木にも太刀打《たちう》ち出来ないから……ではない。

――俺が考えているのは、いつでもお前だけだ。…お前を、ここに呼ぶことだけだ。好文と逢うため。捕まれば死罪間違い無しのあの男は、それだけのために。

「…好文様、私の好文様…」

茨木は音も無くにじり寄り、好文の頭を腕の中に閉じ込める。いたわるように抱き締められて初めて、好文は己が小刻みに震えていることに気が付いた。

「好文様が気に病《や》まれることなどありませぬ。貴方は、何も知らなかった。全てはあの男が勝手に目論《もくろ》んだことなのですから」

「…だが、俺が居なければ、幸吉は…」

「無事で済んだと？」

弱々しく首を上下させれば、苦笑の気配と共に項を優しく撫でられた。

「そうとは限りませぬ。あの男…『百人斬り』は、お澄にきっかけを与えてやっただけ。三之助との繋がりを持たなかったとしても、いずれは幸吉に害を及ぼしたでしょう」

「なさぬ仲でも、母親なのに？　…お前は、腹を痛めて産んだわけでもない俺を、我が子よりも慈《いつく》しんでくれたではないか」

「血が繋がっていても、骨肉《こつにく》の争いをくり広げる親子はごまんと居《お》ります。愛しいと思えるか、思えないか。…全ては、そこにかかっているのでしょう」

——お前も、そうだったのか？

言葉にならない疑問を読み取ったように、茨木は項から背中へと手を滑らせる。

「私は、赤子の好文様にお会いした瞬間、この命は好文様のために存在するのだと確信しました。それは今でも変わりません」

「…俺もだ、実醇。俺が母と思えるのは、お前しか居ない」

生まれた頃から慣れ親しんだ茨木の温もりと匂いに包まれていると、ざわめいていた心がゆっくりと凪《な》いでいく。…決して、悟《さと》られてはならない。打ち合った刃の衝撃を、愛おしそうに細められた金の瞳を、胸から消し去ることが出来ないなんて。

「——腕に覚えのある者に、瓢箪長屋をひそかに守らせましょうか」

しばらく経ってから身を離し、茨木は提案する。何のためだと問うまでもなく、明星から幸吉を守るためだ。

今回、明星は一時的に退《ひ》いてくれたに過ぎない。幸吉が『正しく』——すなわち脳髄と生き肝を取られて死なない限り、何度でも襲いかかるだろう。

「そうだな。…頼む」

同意はしたものの、あまり効果は無いだろうとわかっていた。統山家にもそれなりの遣い手が揃っているが、明星には遠く及ばない。

唯一まともにやりあえるだろう茨木は、好文の傍を離れない。明星が本気になれば、幸吉はたやすく殺されてしまうだろう。

……どうすればいい？　どうすれば、明星を止められる？

あの男には不知火の彦三という前科がある。三之助を好文に捕らえさせ、手柄を挙げさせるためなら、何の罪悪感も抱かず幸吉の脳髄と生き肝を奪わせるだろう。

じかに説得しようにも、好文は明星が今どこに住んでいるのかも知らない。

いっそ勝五郎を奉行所に連行させ、責め問いにかけるか？　いや、駄目だ。どんな拷問《ごうもん》を受けても、あの赤ん坊が幸吉だと、勝五郎は絶対に認めない。

勝五郎にとって幸吉は、閻魔が返してくれた我が子…太一なのだから。

……待てよ…、閻魔……？

「…大事なことを忘れていた」

「好文様…？　それはいったい…」

「こたびの一件。勝五郎や三之助一味以外にも怪しまれるべき者が居るのに、そやつをまだ取り調べていない」

きょとんとする茨木は、まるで思い浮かばないらしい。きっと町奉行所の同心たちも…明星も同じだろう。なればこそ、やってみる価値がある。

「遠い昔に赤子を喰らい、今度は幸吉を喰らったと恵渡じゅうの民から疑われている者だ」

「……、まさか……」

そこまで言われれば、茨木もさすがに気が付いたようだ。

珍しく驚きを露わにする母親代わりに、好文は不敵に笑ってみせる。

「そう。——焔王寺の閻魔を、お白洲に引っ立てる」


どん、どん、どどん、どんっ…。

「北町奉行《きたまちぶぎょう》、統山左衛門尉《とうやまさえもんのじょう》様、ご出座《しゅつざ》——！」

小者が打ち鳴らす太鼓《たいこ》の音と共に、引きずるほど長い袴《はかま》の裾《すそ》を危なげ無くさばきながら、好《よし》文《ふみ》は町奉行所の一角にしつらえられた座敷に進み出た。高位武家のみ着用を許された長　裃《ながかみしも》姿の町奉行の登場に、お白洲《しらす》の空気はぴりりと引き締まる。

勝五郎《かつごろう》、伊左次《いさじ》、駿河屋卯兵衛《するがやうへえ》とその妻お澄《すみ》、幸吉《こうきち》の母である妾《めかけ》、幸吉の乳母、そして『もう一人』。

召し出した者たち全員が白砂利《しろじゃり》の敷き詰められた下段に揃っているのを確認し、好文は上段の間に腰を下ろした。背後ですっと閉められた紗綾《さや》形《がた》の刻まれた襖《ふすま》の向こうには、茨木《いばらぎ》が控えている。

公事場《くじば》と呼ばれる中段の間には徒目付《かちめつけ》や吟味方与力《ぎんみがたよりき》たちがずらりと並び、下段の左右には高《たか》江《え》たち同心《どうしん》が召し出された者たちの動向に目を光らせていた。彼ら奉行所の役人たちはすでに好文から事情を聞かされているため、今さらうろたえることは無い。

だが、何も知らされずお白洲に集められた町人たちは別だ。神妙に平伏しつつも全神経を『もう一人』に集中させているのが、最も高い位置からはありありと見て取れる。

「これより、駿河屋卯兵衛の倅《せがれ》・幸吉の行方知れずの一件につき吟味をいたす。一同の者、面《おもて》を上げよ」

「…お…、恐れながら、御奉行様…」

大店《おおだな》の主の胆力だろうか。むしろの上で顔を上げるや、真っ先に口を開いたのは卯兵衛だった。恐怖の滲《にじ》む眼差しは他の者たち同様、少し離れたところに居る『もう一人』に注がれている。遊び人姿と長裃姿では印象がだいぶ違うのか、勝五郎と伊左次が好文に気付いた様子は無い。

「あれはいったい、何なのでございましょうか？　手前どもは幸吉の行方についてご詮議《せんぎ》があると伺い、参ったのでございますが…」

「これ、駿河屋…」

「構わぬ。何も話しておらぬゆえ、駿河屋が不安に思うのも当然だ」

無礼を咎《とが》めようとする高江を止め、好文は腰から抜いた扇子《せんす》で『もう一人』を指し示す。

「あれなるは、焔王寺《えんおうじ》の閻魔堂《えんまどう》に祀《まつ》られし閻魔。幸吉を喰ったとされる者である」

「――――！」

お白洲に並べられた人数分の、声にならない悲鳴が響き渡った。人の子の驚愕などそよ風に過ぎぬとばかりに、日の光を浴びた水晶の目がきらりと光る。

そう、お白洲に召し出された『もう一人』はかの焔王寺の閻魔像だった。

太陽の下、いっそう威厳を増したその巨軀《きょく》にはあろうことか縄が打たれ、がんじがらめにされている。死者を裁く地獄の判事が、まるで罪人だ。

いや、まるでではない。今日のお白洲において、閻魔は真実、罪人なのだ。幸吉を喰い殺した疑いにつき、町奉行直々に詮議する。そういう名目で、焔王寺から引っ立てられてきたのだから。

……父上には、改めて感謝の文《ふみ》を送っておかなければならないな。

寺院や神社は、本来、寺社奉行《じしゃぶぎょう》の管轄だ。町奉行である好文の命令に従う義務は無い。焔王寺の住職が閻魔像をお白洲に引き出すという前代未聞の要請を受け容《い》れてくれたのは、父鷹文《たかふみ》と旧知の仲であるおかげだった。使者に立った茨木によれば、あのお方のご子息が閻魔の濡《ぬ》れ衣《ぎぬ》を晴らして下さるのなら、と二つ返事で承諾してくれたらしい。

最大の難関と思われていた焔王寺があっさりと協力者になってくれたおかげで、好文の思い付いた策は予想の何倍も早く実行に移すことが出来た。明星《あかぼし》が瓢箪長屋《ひょうたんながや》を襲撃してから、今日でまだ三日目だ。

幸い、明星は一度も現れていない。腹心の伊左次が囚われの身となったせいだろう。三之助《さんのすけ》の配下とおぼしきならず者たちは何度か瓢箪長屋に忍び込もうとしたそうだが、いずれも張り込んでいた統山家の家臣たちによって撃退された。

己と妻子が命の危険にさらされていたとも知らず、勝五郎《かつごろう》は縛られた閻魔と伊左次を憎々しげに睨んでいる。だがその心中は複雑だろう。卯兵衛と妾――幸吉の実の両親までもが、お白洲に揃っているのだから。

「人の善悪を裁くべき神の身でありながら、罪無き赤子を喰らうなど不届き千万《せんばん》。見過ごすことなどあってはならぬゆえ、奉行自《みずか》ら詮議いたす。其《そ》の方《ほう》らはその見届け人でもある。…得心《とくしん》したか？」

「は、……ははっ」

卯兵衛はかしこまったが、内心では若き奉行の正気を疑っているだろう。

まあ当然だ。天下の名工の作であっても、ただの木像が受け答えなどするわけがない。お澄などあからさまな嘲笑を浮かべているし、妾も憔悴《しょうすい》しきった顔に不審の色を滲ませている。

「はぁぁ？　木偶《でく》の詮議ぃ？」

閻魔を一瞥《いちべつ》した伊左次が、ふんと鼻を鳴らした。瓢箪長屋を襲った一件で捕らわれたこの男だけは、他の者たちと違い、後ろ手に縛られている。

「御奉行様、俺はたまたま喧嘩に鉢合《はちあ》わせちまっただけですぜ。どうしてこんな茶番に付き合わなきゃならねえんで？」

「伊左次、控えよ！」

高江が手にした十手《じって》で打ち据えるが、伊左次に応《こた》えた様子は欠片《かけら》も無い。厚顔《こうがん》にも、この男は瓢箪長屋を襲ったのは明星であり、自分はただ不運にも居合わせてしまっただけだと言い張っているのだ。

厳しい責め問いにかけられても、鬼心《きしん》の三之助の配下であることも未だ認めていない。往生際の悪い、と高江たちは憤慨《ふんがい》しているが、実は身を守る手段としては非常に有効だった。どんなに明白な証拠があろうと、今のご定法《じょうほう》では、自ら罪を認めない限り罪人として獄門台《ごくもんだい》へ送られることは無いからだ。悪党らしい処世術と言える。

「茶番かどうかは、これからとくと確かめるが良い。其の方の、その目でな」

悠揚迫《ゆうようせま》らぬ態度で告げた言葉は、伊左次ではなく、この場には居ない男――明星に向けたものだった。あの男はきっと、どこかからお白洲を見ている。金色の右目を、爛々《らんらん》と輝かせながら。

……明星を止めるには、このお白洲で明らかにするしかない。幸吉はお澄と結託した三之助によって、むごたらしく殺されるところだったのだと。そして…勝五郎とお照に養われている赤ん坊こそ、幸吉なのだと。

そのための布石《ふせき》はすでに打ってある。あとは好文さえ仕損《しそん》じなければ、策は成るはずだ。

……見ていろよ、明星。

好文は扇子をぱちりと鳴らし、おごそかに問いかける。縛られた閻魔に向かって。

「閻魔王よ、今日そなたを引っ立てたのは他でもない。そなたこそが駿河屋の倅、幸吉を喰らったと噂されているためだ。噂に相違《そうい》無いか？」

答えるはずがない。誰もがそう思ったはずだ。こんな大がかりな舞台まで用意してどう収拾をつけるつもりなのかと、奉行所の役人たちは内心呆れているかもしれない。

「――たかが人の子が、冥府《めいふ》の司直《しちょく》である我を罪に問うつもりか？」

だからこそ、かっと開かれた閻魔の口からおどろおどろしい声がお白洲に響き渡った瞬間、召し出された者たちは腰を抜かしたのだ。

「ひ、ひいぃぃいっ！」

「閻魔が…、しゃべった!?」

「まさか、本当に…!?」

わめきたてる町人たちを誰も咎めない。役人たちもまた、驚愕のあまり固まってしまっているからだ。彼らは閻魔像がしゃべることまでは知らされていない。平静を保てているのは好文を除けば襖の向こうの茨木と、……閻魔像の中にひそむ桃若《ももわか》くらいだろう。

『お任せ下せえ！　錦《きん》さんの…、左衛門尉様のためなら、不肖《ふしょう》この桃若、阿弥陀《あみだ》様だろうが閻魔大王だろうが、男の一命に代えてでも演じてご覧に入れまさあ！』

閻魔像の中に入り、閻魔を演じてくれないか。昨夜遅く役宅《やくたく》に呼び出された挙げ句、そんな突拍子《とっぴょうし》も無い願い事をされたにもかかわらず、桃若は喜色満面《きしょくまんめん》で快諾《かいだく》してくれたのだ。ご主人様に鞠《まり》を投げてもらって喜ぶ犬ですね、と感心したように評したのは茨木である。

焔王寺の閻魔像のように巨大な仏像は、各部分を別個に彫《ほ》ってから組み立てるため、たいてい中心に人一人がひそめるほどの空洞がある。焔王寺の閻魔像も同じで、閻魔の背面《はいめん》の帯飾りの部分を外せば、空洞の中に入れる仕組みだ。

お白洲が始まる四半刻《しはんとき》ほど前、桃若は閻魔像の中に隠れた。

閻魔の役作りに費《つい》やせた時間は半日も無かったはずだが、ふだんとはかけ離れた、まさに地獄の底から響いてくるような低音に、好文以外の全員が度肝《どぎも》を抜かれている。さすがは百の声色を使いこなし、観客を魅了する雪村座《ゆきむらざ》一の立《た》ち役《やく》だけはある。

……ならば、俺もしかと演じてみせなければ。

観客は召し出された町人たちと鬼心の三之助の配下、役人たち、そして閻魔王だ。まったく、演じ甲斐《がい》があるというものである。

「ほざくな、閻魔王よ。我が身は確かに人であるが、同時に上様《うえさま》直々にお役目を賜《たまわ》った町奉行でもある。貴様が地獄の判事ならば、この奉行は人の子の判事である」

好文は腹の底に力を込め、毅然《きぜん》と言い放った。薄暗い閻魔堂から太陽の下に引き出されたせいか、水晶の目は奥底に淡い光を宿し、閻魔の巨体に異様な迫力を与えている。

おお…、と声にならない歓声が誰からともなく上がる。

好文に注がれる町人たちの視線は、ついさっきまでとは比べ物にならないほど熱を帯びていた。町奉行が果敢にも、人喰いと噂される地獄の閻魔大王に判事対決を挑《いど》んだのだ。

好文を無能な前任の後継者と侮《あなど》っていた卯兵衛は期待に頬を紅潮させ、妾もまた縋《すが》るように好文を見上げる。若さと花のごときかんばせに似合わぬ豪胆なこの北町奉行なら、閻魔のあぎとからも我が子を救い出してくれるかもしれないと。

逆に、顔色が悪くなったのはお澄と乳母、伊左次、そして勝五郎である。それもそのはず。好文の推理が正しければ、閻魔が語る話は彼らにとって不都合な内容ばかりだ。

不安は恐怖を誘い、恐怖は心に隙を生じさせる。好文が引きずり出したいのは、その奥に隠れているはずの真実だ。

「そなたが幸吉を喰い殺したのではないと申すのなら、奉行の前で述《の》べてみよ。幸吉がそなたの前で消えたあの日、何があったのか」

「……ふむ……？」

興味をそそられたように呟きを漏らし、閻魔は——閻魔像の中の桃若はしばし沈黙した。打ち合わせでは好文の推理をさも見て来たかのように話すはずだったのに、何をしているのだ。

まさか、緊張のあまり筋書きを度忘れしたのか。不安になった頃、閻魔像から低く錆《さ》びた声が吐き出される。

「おぬし、我が恐ろしゅうないのか？」

「……何だと？」

「人の子らは我を人喰いと恐れ、神と祀《まつ》りながらろくに詣《もう》でようともせぬ。おぬしは未《いま》だ二十歳《はたち》にも満たぬ若造であろうに、命が惜しくは無いのか？」

こんな質問、事前の打ち合わせには無かった。あれだけ自信満々に請《う》け負《お》っておきながら、桃若は何を考えているのか。

まるで見当がつかないが、苛立ちも焦《あせ》りも不思議なくらい湧いてこなかった。閻魔の水晶の目が、試すように揺らめいて見えるせいかもしれない。

心の奥底まで見透かす深い眼差しに、味方であるはずの剣客《けんかく》の首を落としておきながら爛々と美しかった金色の瞳が重なる。…『百人斬り』。およそ人の領域を超えた者は、人ならざる者と似通《にかよ》ってくるものなのか。

「——何故、恐れなければならぬ？」

地獄の閻魔相手に大胆不敵にも笑ってみせる奉行に、駿河屋の面々はもちろん、伊左次や勝五郎までもが目を奪われた。茨木が居合わせたなら、やはり殿の御子《おこ》だと感動に打ち震えたかもしれない。

「どれだけ恐ろしい噂が付《つ》き纏《まと》おうと、この奉行にとってのそなたは我が手によって縛《いまし》めを受け、お白洲に引き出された咎人《とがにん》よ。大昔に人を喰ったかもしれないだけのそなたより恐ろしい者など、恵渡《えど》には数多《あまた》存在する。そなたがまこと地獄の閻魔大王だと申すのなら、そのことは奉行よりもよほどよく知っておるのではないか？」

数多くの大店に押し入り、人の命と財産を奪った不知火《しらぬい》の彦三《ひこぞう》も。罪の無い幼子《おさなご》たちから生きたまま脳髄《のうずい》と生き肝《いぎも》を奪い、人丹《じんたん》の素材として売りさばく鬼心の三之助も。閻魔大王が死者の生前の罪悪を記しておくという閻魔帳には名を刻まれているはずだ。

そして家老一族を殲滅《せんめつ》し、今もなお恵渡の闇でうごめき続ける『百人斬り』は、閻魔などよりもはるかに恐ろしい存在である。恵渡の治安を守る町奉行としても、……好文個人としても。

「……ふっ、ふふっ、ふはは、ふははははははっ！」

開かれた口から堪《こら》え切れぬとばかりに溢《あふ》れた呵々《かか》大笑《たいしょう》が、びりびりとお白洲の空気を振動《しんどう》させた。お澄はたまらず耳をふさぎ、気の弱そうな乳母はひいいと泣きながらむしろにうずくまる。

「これは傑作《けっさく》じゃ！　人の子の判事は、地獄の閻魔大王よりも、同じ人の子の方が恐ろしいと申すか！」

今や水晶の目は隠しようの無い強い光をたたえ、太陽のように輝いている。

桃若はたいしたものだ。舞台演出の技を使って内側から光らせているのだろうが、閻魔を演じながらよくぞここまでやってくれる。

「いや、閻魔王よ。奉行にはもっと恐ろしいものがある」

「……ほう？　申してみよ」

「裁かれるべき罪が明らかにならぬこと――罪無き者が誰にも手を差し伸べられぬまま、闇に葬《ほうむ》られることだ」

「っ……！」

卯兵衛の陰で震えていた妾が、はっと好文を仰《あお》ぎ見る。好文が誰のことを言っているのか、気が付いたのだろう。

「だからこそ、改めてそなたに問う。幸吉がそなたに喰われたとされるあの日、本当は何があった？　…幸吉は、生きているのか？」

即興の連続だったが、ようやく打ち合わせの筋書きに戻ってきた。好文は手の中の扇子をぐっと握り、次に備える。

だがそこへ、またしても筋書き破りの事態が起きた。

「――お願いでございます、閻魔大王様！」

卯兵衛の妾が閻魔像の前に身を投げ出し、小さな手を合わせたのだ。やつれきった身体のどこにそんな力があったのか、控えさせようとする同心たちを振り切り、白砂利に額《ひたい》を擦り付ける。

「どうか、どうか幸吉をお返し下さい。あの子には何の罪も無い…もしもあるとおっしゃるのなら、私が代わりに背負います。あの子の代わりに、私を喰らって下さい」

「…て、手前からもお願いいたします。幸吉は欲しくて欲しくてようやく授《さず》かった、たった一人の倅。お返し下さるのならば、身代《しんだい》も、この命も差し上げますから…！」

卯兵衛もまた妾の隣にひざまずき、ためらい無く頭を下げる。

「…ちょっと、お前さん！　何を勝手なことを…」

身代、の言葉にお澄がまなじりを吊り上げるが、妾も卯兵衛も一瞥すらしなかった。彼らの目に映るのは、地獄の判事…幸吉に繋がるかもしれない、唯一の手がかりだけだ。

「……う、……うぅっ……」

張り詰めた空気に、嗚咽《おえつ》が混じった。見開いた双眸《そうぼう》から大粒の涙をこぼしているのは、閻魔ではない。黙ってなりゆきを見守っていたはずの勝五郎だ。

「…すまねぇ。……すまねぇ……」

「勝五郎？　いかがした？」

「俺が…、俺があんなことしたばっかりに…」

いぶかしそうに覗き込む高江に首を振り、勝五郎は砂利の上に正座した。上段の間の好文を見上げ、神妙に手をつかえる。

「…恐れながら…、御奉行様に、申し上げます…！」

「あっ…、こら、てめぇっ」

「閻魔様を煩《わずら》わせるまでもねぇ。あの日、俺は見てたんだ。…そこの女が閻魔堂で、幸吉をこいつに渡すところを…！」

勝五郎の指先はお澄の傍《かたわ》らの乳母を指し、眼差しはうろたえる伊左次に注がれている。

勝五郎に摑みかかろうとする伊左次が高江たちに拘束されるのを待ち、好文は問いかけた。

「どういうことだ、勝五郎。其の方は幸吉の一件には無関係だと、申していたそうではないか」

「…これから全て、申し上げます。そいつらがどれだけの悪党か…そして俺が、どれだけ馬鹿だったか…」

驚愕《きょうがく》も露《あら》わに振り返る卯兵衛と妾から恥じ入るように顔を逸《そ》らし、鍛《きた》えられた身体を震わせながら、勝五郎は語り始める。

——あの日。暮れゆく夕日が恵渡を紅く染めていった黄昏時《たそがれどき》。

仕事帰りの勝五郎は閻魔堂に忍び込み、閻魔像によじ登っていた。閻魔の目に嵌《は》め込まれた水晶玉を盗むためだ。

毎日必死に祈願《きがん》したにもかかわらず、せっかく授かった子は流れてしまった。愛《いと》しい妻のお照は毎日泣き暮らしている。役立たずの閻魔の目など、節穴《ふしあな》同然。ならばいっそこの手でくり抜いてやろうと、やけ酒で酔っ払った頭で思い付いたのだ。

だが、水晶玉を抜き取ろうとした時、参拝客などめったに訪れないはずの閻魔堂に人が入ってきた。それも二人。一人は高価そうな絹のおくるみに包んだ赤ん坊を抱き、もう一人は頰に傷のある男だった。幸吉の乳母と伊左次だ。

人妻と間夫《まぶ》との逢引にでも居合わせてしまったのだろうか。最初はそう思い、とっさに隠れた閻魔像の陰から出るに出られなかった勝五郎だが、二人の様子を盗み見るうちに縮み上がった。乳母が赤ん坊――幸吉を伊左次に差し出し、とんでもないことを言い出したからだ。

『さあ、早くこの赤子から脳髄と生き肝を取りなさい』

それまでのやり取りから、幸吉が駿河屋卯兵衛の妾腹《しょうふく》の子であり、乳母の雇い主でもある正妻にひどく憎まれていることはわかっていた。ここに連れて来たのは、疑われぬよう鬼心の三之助に幸吉を殺させるためであることも。

…だが、脳髄と生き肝を取る？　生きた赤ん坊から、今ここで？　いったい、何の必要があって？

鬼の手下にも人の情はあるのか、伊左次はすぐにうんとは言わなかった。すると焦《じ》れた乳母は、耳を疑うようなことを言い出した。

『我が主のお澄様は、この汚らわしい盗っ人の子がなるべくむごい目に遭《あ》って死ぬことをお望みです。ご本人がいらっしゃるわけにはいかないから、代わりにこの私に見届けて来いとおっしゃったのですよ。さあ、早く』

主を満足させるため、生まれて間も無い赤ん坊を目の前で殺せと…脳髄と生き肝を奪えというのだ。勝五郎の目には、乳母が人間の姿をした鬼に見えた。そして渋々ながらも応じようとした伊左次は、悪鬼《あっき》だ。

気付けば勝五郎は像を伝い降り、幸吉を奪い取っていた。不意を突かれた二人が反応出来ずにいるうちに閻魔堂を飛び出し、無我夢中で走るうちに、今度は勝五郎に鬼が忍び寄ってくる。幸吉のためを思うなら、駿河屋に帰してやるのが最善だ。卯兵衛も母親の妾も、きっとこの子を必死に捜している。——でも。

……どうせ殺されてしまうところだったのなら、自分とお照が育てたっていいのではないか？

閻魔堂で出逢ったこの子は、きっと流れてしまった太一《たいち》の生まれ変わりに違いない。閻魔が太一を返してくれたのだ。きっとそうだ。

途中、若い男とぶつかった時は一瞬だけ我に返りかけたけれど、腕の中に戻ってきてくれた温《ぬく》もりを手放せなかった。長屋にたどり着き、事情を聞いたお照は、太一が帰ってきてくれたと泣きながら赤ん坊を抱き締めた。夜逃げ同然に瓢箪長屋へ引っ越し、親子三人の暮らしを始めた。

ようやく夢が叶ったのだと思った。あまりに幸せで、幸せすぎて……忘れていた。いや、目を逸《そ》らしていたのだ。

自分たちが生まれてこられなかった太一を未だ愛してやまないように、幸吉にもまた、己の身を犠牲にしてでも取り戻したいと渇望《かつぼう》する両親が存在するのだという事実から。

「すまねぇ…、駿河屋さん、おっかさん。この通りだ…！」

語り終えた勝五郎は呆然とする卯兵衛と妾に向き直り、がばりと頭を下げた。勢いよく額が地面にぶつかり、砂利が飛び散る。

「俺が馬鹿だったせいで、あんたたちには生き地獄を味わわせちまった…。鬼は俺の方だ。許してくれとはとても言えねぇが…」

「ま、待っておくれ。つまり、…つまり幸吉は…」

「あの子は、生きているの…!?」

勝五郎が頷くや、歓声が弾《はじ》けた。感極まった卯兵衛と妾は顔をくしゃくしゃにしながら抱き合う。

だいぶ経過は狂ったが、どうにか当初の筋書きに戻れそうだ。しかし、大団円までにはもう一幕こなさなければならない。どこかから目を細めて眺めているだろう男を思い浮かべ、好文は問いを投げかける。

「——勝五郎よ。幸吉はそこなる乳母が伊左次に渡し、その場で脳髄と生き肝を奪わせようとした。そしてそれを指示したのは卯兵衛の妻、お澄だった。その話に、偽《いつわ》りは無いか」

「…ございません。俺はしかと、この目で見ました。俺がたまたま居合わせなかったら、太一、…いえ幸吉は、そいつらに脳髄と生き肝を取られて殺されていた…!」

憤怒《ふんぬ》に燃える勝五郎の瞳が、乳母とお澄、そして伊左次を射貫《いぬ》いた。乳母は青ざめるが、お澄と伊左次は黙ってはいない。

「御奉行様、どこの馬の骨とも知れぬ鳶《とび》の言うことなんて信じないで下さいまし！」

「そ、そうですぜ！　俺はそこの女と会ったことなんてねえ。駿河屋のおかみなんて、今名前を知ったくらいだ」

喧々《けんけん》とがなりたてられて涙も引っ込んだのか、駿河屋は妾を抱き締めたままお澄を睨む。嫌悪剝《む》き出《だ》しの眼差しは、仮にも妻である女に向けるものではない。

「お澄…、お前の性根《しょうね》がそこまで腐っていようとは…」

「お前さんまで、あたしを疑うっていうの？　誰のおかげで駿河屋の主《あるじ》になれたと思ってるのよ！」

「…っ、お前がそういう女だから、私は…」

「二人とも、静まれ！　静まらぬか！」

見かねた高江が声を張り上げ、夫婦は睨み合いながらも口を閉ざした。不満たらたらのお澄が再び騒ぎ出す前に、好文は奉行の威厳を纏って下問《かもん》する。

「お澄よ。いい加減、己の罪を認めたらどうだ？」

「御奉行様まで、あたしをお疑いになるんですか？　仮に勝五郎の話が本当だったとしても、赤ん坊を連れて来たのがうちの乳母とは限らないじゃありませんか」

よく似た別人だと言い繕《つくろ》うお澄は必死だ。勝五郎の語った話が真実だと好文に認定されれば、良くて遠島《えんとう》、死罪もじゅうぶんにありうるのだから当たり前だろう。

だが、好文は容赦《ようしゃ》しない。

「残念だが、お澄。勝五郎が目撃したのは、駿河屋の乳母と幸吉以外ありえぬ」

「な、何故…」

「場所が閻魔堂だからだ。其の方はおそらく、幸吉の骸《むくろ》の始末も三之助に依頼したであろう。万が一にも殺された幸吉の骸が発見されれば、真っ先に疑われるのは其の方ゆえな」

だが、骸が見付からないままでは、卯兵衛はいつまでも幸吉を諦めまい。卑《いや》しい妾腹の子どもが罰を受けて死んだと天下に知らしめるためにも、お澄は幸吉の受け渡し場所に閻魔堂を選んだのだ。何故なら…。

「閻魔に骨まで残らず喰われたということにすれば、骸が見付からなくてもおかしくないという状況を作り出せる。その上、誰もが幸吉の死を確信するだろうからな。……違うか？」

「う、うぅ……っ」

鼻白《はなじろ》んだお澄に、好文は己の推察が正しかったのだと確信する。感情的に幸吉を殺させようとする陰で、お澄はしっかりと保身を図《はか》っていたのだ。だが逆にそれが今、お澄を追い詰めることになってしまった。

これも、閻魔の祟《たた》りだろうか？

「…そして、伊左次よ」

黙《もく》して語らぬ閻魔の代わりに見下ろせば、伊左次は大きく身を震わせた。

わずかでも遠島で済む可能性のあるお澄と違い、三之助の配下として罪無き子どもたちを手にかけてきたこの男は、罪が認められれば確実に死罪だ。三之助と共に市中を引き回され、磔台《はりつけだい》に骸をさらすことになるだろう。

「手の者を引き連れ、瓢箪長屋を襲撃した事実からも、お澄が其の方の主である鬼心の三之助に幸吉を殺すよう依頼し、其の方がその仲立ちをしたのは明々白々《めいめいはくはく》。もはや言い逃れは叶わぬ。神妙に白状するがいい」

「ぐっ……」

つかの間、伊左次は怖気《おじけ》づいたように身をすくませたが、ここで素直に罪を認める程度の小悪党ではない。太い腕を組み、せせら笑ってみせる。

「さっきから、俺が瓢箪長屋を襲ったとおっしゃいますがねえ、御奉行様。俺は鬼心の三之助なんて知らねえし、たまたま瓢箪長屋の喧嘩に巻き込まれちまったところを捕まっちまっただけだ。そいつはこちらの同心の旦那がたも、よおくご存知のことですぜ」

「……っ……」

高江たち役人が面目《めんぼく》無さそうに唇を噛むのは、厳しい責め問いにかけたにもかかわらず、伊左次に罪を自白させられなかったからだろう。もしも責め問いの段階で伊左次が罪を認めていれば、このお白洲では死罪が言い渡されるだけだった。

「どうしても俺を罪に問うとおっしゃるんなら、証拠を見せて下せえよ。俺が幸吉とかいう赤ん坊を瓢箪長屋まで奪いに行ったっていう、証拠をよお！」

「…そ…っ、そうですよ！　証拠を見せて下さいまし！」

声高《こわだか》に叫ぶ伊左次に、お澄と乳母も同調する。駿河屋と妾、勝五郎はそれでも人間かと詰《なじ》るが、無罪か死罪かの分かれ目だ。耳を貸すわけがない。

……この期《ご》に及んで、見苦しく言い逃れようとするか。

閻魔の水晶の目が、陽の光を弾いてきらりと光った。人の子の判事はどうやってこの愚《おろ》か者たちを裁《さば》くのかと、高みの見物を決め込まれている気分だ。普通の人間なら、すくみ上がってしまったかもしれない。

だが好文の心はすくむどころか、ふつふつと燃えたぎっていた。

きっとこの瞬間さえも、どこかから好文を愛おしむように眺めているだろう明星。好文をたなごころの上で愛《め》でているつもりのあの男の筋書きを、もうすぐ根底からくつがえしてやれるのだから。

「――うるせえんだよ、この悪党どもが！」

響き渡った一喝《いっかつ》に、騒ぎ立てていた者たちはぴたりと動きを止めた。絶句する一同をぐるりと見回し、どん、と好文は立てた片膝で畳《たたみ》を踏み鳴らす。

「いたいけな赤ん坊を手にかけ、閻魔に濡れ衣を着せようとしておきながらしゃあしゃあと言い逃れようたあ、ふてえ野郎どもだ。阿弥陀如来《あみだにょらい》でも救いようがねえ」

すっと立ち上がり、長袴の裾を苦も無くさばきながら上段の間を降りる身のこなしは、茨木

に教え込まれた武道ゆえにどこまでもなめらかかつ優雅。しかしながら縮こまるお白洲の町人たちを睥睨《へいげい》する眼差しは阿修羅《あしゅら》か明王《みょうおう》のごとく。花びらのような唇は、ならず者のように伝法《でんぽう》な言葉を紡《つむ》ぐ。矛盾だらけの、だからこそあでやかに咲き誇《ほこ》る町奉行という名の花に、誰もが惹き付けられる。

そう——きっと明星も。

「そんなに証拠が見たいのなら、見せてやらあ。きたねえ目ん玉、かっぽじって見やがれ！」

濡《ぬ》れ縁《えん》まで進み出ると、好文は長袴の裾を蹴立《けた》てながら片肌を脱いだ。右膝《みぎひざ》をつくと同時にさらけ出す。一糸《いっし》纏わぬ白い肌…そこに咲き乱れる、桜吹雪《さくらふぶき》を。

「…あ、……ああ、あっ……！」

「おう、伊左次。まさか見忘れたとは言わねえよな？　あの日、てめえの前で咲いたこの統山《とうやま》桜《ざくら》をよ…！」

乾いた唇をわななかせる伊左次の顔から、みるみる血の気《け》が失せていく。…伊左次は正しく理解したのだ。瓢箪長屋を襲撃したあの日、茨木と共に自分たちと戦ったのは、目の前の町奉行だったのだと。

「お……」

伊左次はしおしおとうずくまり、力の抜けた手を砂利についた。ぽっきりと矜持《きょうじ》の折れた音を聞いたのは、気のせいではなかったらしい。

「……恐れ入りまして、ございます……」

「じゃあ、認めるんだな？　てめえが鬼心の三之助の手下で、お澄に頼まれ、幸吉を人丹の材料にしようとしてたってことを」

「はい……」

「…ちょっと、ふざけるんじゃないわよ！　あたしは認めないわ！」

お澄はけたたましくわめき散らすが、伊左次がすさんだ笑みを浮かべると、ぎょっとして身を引く。

「…な、何よ…」

「悪いが、こっちもこういう生業《なりわい》なんでね。…同心の旦那！」

伊左次に呼ばれた高江は乞われるがまま、伊左次の髷《まげ》を束《たば》ねる元結《もとゆい》を解いた。それは紐《ひも》ではなく、細長い紙をねじってこしらえた紙縒《こより》だ。広げた紙を確認した高江が驚きの声を上げる。

「御奉行！　これは、お澄の文です！」

「ま、待って！　待ちやがれ、このくそ同心がぁぁぁ！」

鬼の形相《ぎょうそう》で飛びかかろうとするお澄をひらりとかわし、高江は濡れ縁の好文のもとまで文を運んだ。

受け取ったそれには、多額の報酬と引き換えに幸吉を三之助に売ると女文字で記《しる》されている。後で一方的に罪を着せられることが無いよう、伊左次がお澄に書かせておいたのだろう。

そしてそれは今、見事に役に立ったわけだ。伊左次はにたりと唇をゆがめる。

「地獄には、一緒に落ちてもらうぜ」

「ち、違っ、これはあたしの字じゃっ」

往生際《おうじょうぎわ》悪く否定するお澄にとどめを刺したのは、夫の卯兵衛だった。好文が突き出してみせた文に目を通し、憤《いきどお》りも露わに断言する。

「…お澄の字に、間違いございません」

「お前さんっ⁉」

「やめてくれ。…私は、鬼女《きじょ》と夫婦になった覚えは無い。こんなことなら、いくら大恩《たいおん》ある先代に千両の持参金を付けても貰《もら》い手の無い娘と一緒になってくれと頼み込まれたからといって、承諾するのではなかった」

侮《あなど》っていた入婿《いりむこ》の夫に突き放されたことか、愛する父が自分を持て余していたと知らされたことか。どちらがお澄の心をへし折ったのかはわからない。

「…あたしが…、あたしが、幸吉を伊左次に…三之助に殺させようとしました…」

「うっ、ううぅっ、う……」

幽鬼《ゆうき》のような形相のお澄はとうとう自白し、隣で乳母も崩れ落ちる。

……どうにか、演じきった。

ひたひたと全身が満たされるのを感じながら、好文は脱いだ肩衣《かたぎぬ》と小袖《こそで》を元に戻し、上段の間に座り直した。罪人たちを厳しく見据《みす》え、腹の底から声を出す。

「裁きを申し渡す。…鬼心の三之助配下、伊左次。無辜《むこ》の幼子を犠牲に私腹《しふくこ》を肥やしたその罪は重い。市中引き回しの上、磔に処《しょ》す」

とうに死は覚悟していたのだろう。伊左次は無言で受け入れた。

「そして、お澄。赤子の幸吉を鬼心の三之助にむごたらしく殺させようとした罪は重く、本来であれば打ち首とするべきであるが、幸吉はそこなる勝五郎のおかげにて無事であった。よって罪一等を減《げん》じ、乳母共々遠島を申し付ける」

「…ひ、…ひっ、ひぃっ…」

命が助かったにもかかわらず、お澄はひきつけでも起こしたように全身をわななかせる。陽ノ本《ひのもと》で一番華やかな恵渡に生まれ、大店の娘として豊かな暮らしを享受《きょうじゅ》してきたのだ。食べるものにも事欠く孤島で死ぬまで暮らすのは、ある意味死罪よりも酷《こく》かもしれない。

「伊左次とお澄たちを引っ立てよ」

「ははっ！」

好文の命に従い、縄を打たれたお澄と乳母、そして伊左次がお白洲から引き出されていく。もの言わぬ——だがどこか面白そうな顔をしているように見える閻魔を横目で見やり、好文は高らかに宣言した。

「これにて、一件落着！」

罪人たちを裁き終えても、その日のお白洲は終わらなかった。同心たちに付き添われたお照《てる》が、幸吉を抱いて出頭《しゅっとう》したのだ。

「幸吉……っ！」

「ああ、よくぞ無事で…！」

ようやく取り戻した我が子をかわるがわる抱き締め、卯兵衛と妾は泣き崩れた。勝五郎はくずおれたお照を支え、深々と頭を下げる。

「駿河屋さん、本当にすまなかった。俺があの日、ちゃんと幸吉を送り届けていれば…」

「…ごめんなさい。ごめんなさい…」

泣き濡れながら、お照は何度も謝罪をくり返した。迎えに行った同心からお白洲の経緯《けいい》を聞かされたのもあるが、元々、このままでいいのかと幸福の中にも疑問を抱いていたせいかもしれない。名残《なごりお》惜しそうにしつつも、幸吉を素直に返したのは。

「…いいえ、とんでもない。お二人に感謝しこそすれ、恨んだりなんて…」

首を振る妾に、卯兵衛も力強く賛同する。

「そうですとも、勝五郎さん。貴方《あなた》が助け出して下さらなかったら、幸吉はむごたらしく殺されていたでしょう。貴方は倅の恩人だ。何とお礼を申し上げたらいいか…」

「す、駿河屋さん…、ありがてえ、ありがてえこって…」

勝五郎は目尻に涙を滲ませていたが、ぐいと袖口で拭《ふ》き取ると、砂利の上に正座する。

「――御奉行様。駿河屋さんはこうおっしゃって下さいましたが、俺のやっちまったことが帳消《ちょうけ》しになるわけじゃねえ。どうか、存分にお仕置き下せえ」

「あ、あたしも同罪です。この人がお仕置きされるのなら、あたしも一緒に」

夫婦が揃って平伏するや、幸吉を妾に任せた卯兵衛が慌てて割り込んだ。

「御奉行様、この二人は幸吉の恩人です！　手前どもは感謝の気持ちしかございませぬ。どうか、寛大なるお裁きを…！」

罪人と被害者が互いに庇《かば》い合うという奇妙な構図に、奉行所の役人たちすら目を白黒させた。

好文は笑いだしそうになるのを堪え、真面目な表情を作る。

「勝五郎の申す通り、奉行所のお調べを邪魔立てしたことは確かにけしからぬ。されど勝五郎が居《お》らねば、幸吉が生きて帰れなかったことも事実。…よって勝五郎とお照は、『叱り』とする」

「御奉行様……！」

勝五郎とお照はがばりと起き上がり、感涙にむせびながら好文を拝《おが》んだ。

叱りとは文字通り、犯した罪を口頭《こうとう》で叱るだけの刑罰だ。ご定法の中では最も軽い。

「こたびの一件、つらい別れを再び味わう結果となってしまったが、其の方たちのおかげで恵渡の幼き命が救われた。そのこと、奉行からも礼を申す」

「そっ…、そんな、もったいねえ…」

「――礼ならば、我からもしなければなるまいな」

恐縮する勝五郎の声に、おどろおどろしいそれが重なった。はっと仰ぎ見る人間たちを映す水晶の目が、きらりと光る。

……桃若？　何のつもりだ？

お澄たちが連れ出された時点で、閻魔にかけた縄は解いてある。前もって決めておいた、演技終了の合図だ。あとは黙ったまま、お白洲が終わるのを待てと言っておいたはずなのに。

「勝五郎よ。お前は赤子の命を救った。ならば我はお前に報《むく》いるため、流された命を返してやろう」

「……えっ？」

「そして、人の子の判事よ」

あぜんとする勝五郎に構わず、閻魔は水晶の目をこちらに向けた。…少なくとも好文には、そう見えた。命無き木像が動くわけがないと、わかっていても。

「おぬしは我が濡れ衣を晴らしてくれた。その礼として、おぬしが冥府《めいふ》に下《くだ》った際、罪一等を減じてやろう。……おぬしの背負う闇は、重すぎるゆえな」

「…な…、に？」

「いずれまた、冥府の我が法廷にて巡り会うことになろう。おぬしにどのような裁きを下すか……ふふ、その時を楽しみにしておるぞ」

ふふ、ふふふ、ふふっ……。

ひそやかな笑声《しょうせい》は地の底に吸い込まれるかのようにくぐもってゆき、やがてふっつりと途絶えた。同時に場を満たしていた奇妙な圧迫感が消え失せ、身体もふっと軽くなる。

「…今のは、いったい…」

呆然と呟く勝五郎に答えてやれる者は、一人も居ない。そう、仕掛けたはずの好文でさえも。

……あれは本当に、桃若なのか？

好文が背負う、重すぎる闇――真っ先に思い浮かぶのは、好文を自分と同じところに堕《お》とそうと手ぐすね引いて待ち受ける男だ。桃若も明星を知っているが、あの男が『百人斬り』であることまでは知らないはず。何よりもこの、わけのわからない存在感…。

「さすがは英雄奉行様。冥府の閻魔にさえ一目《いちもく》置かれるとは」

もっとも、もどかしさに歯噛みしているのは好文だけだ。卯兵衛はすっかり好文の信奉者と化し、幸吉を抱いた妾と共に何度も頭を下げながら退出していった。彼が永崎《ながさき》貿易を支配する父の鷹文に多額の献金をし、鷹文の政《まつりごと》を大きく助けるのは少し後の話だ。

「本当にありがとうございました。御奉行様のおかげで、俺もお照も、鬼にならずに済みました」

勝五郎とお照もまた、好文を拝むようにしながら去ってゆき、お白洲は今度こそ閉じられた。公事方の役人たちを追い出し、襖の向こうに控えていた茨木と二人で、急いで閻魔像の背面の帯飾りを外す。

――ぽっかりと空いた洞《うろ》の中、桃若はかたくまぶたを閉ざし、ぐったりと壁にもたれかかっていた。さっと血の気が引いていく。まさか、長時間閉じ込められたせいで窒息してしまったのでは…。

「……桃若⁉　おい、しっかりしろ！」

「う、……ん？　あれ？　弁天様《べんてん》？」

強く揺さぶられた桃若はすぐに目を開いたが、長裃姿のままの好文を見上げ、わけのわからない寝言をむにゃむにゃと呟いている。頭から水でもぶっかけてやるべきかと思ったが、茨木が冷静に口を挟んだ。

「大丈夫です、好文様。見たところ、どこにも異常はありません。ただ単に眠っていただけかと」

「だが、俺を弁天様だの何だのと…」

「何の異常もありません。…そうだな？」

茨木に同意を求められ、桃若はよく訓練された犬のようにこくこくと頷いた。

「おっしゃる通りで。どこも悪くはありやせん」

「なら良いが…お前、いつから眠っていたんだ？」

「…それが、その…、お白洲が始まる太鼓の音を聞いた後、急に眠くなっちまって…き、気が付いたら、錦さ…左衛門尉様に、起こされたところで…」

「お白洲の間じゅう、眠り込んでいたというのか⁉」

驚きの声を上げる茨木に、桃若は両の掌《てのひら》を合わせた。

「も、申し訳ねえ…！　昨日はしっかり寝て起きたはずなのに、どうしてあんなに眠くなっちまったのか、自分でもわからなくて…、……あれ？」

怒りの雷《かみなり》を落とすどころか、顔を見合わせる好文と茨木を見て、桃若もようやく異変を察知したようだ。きょとんとする桃若に、好文は念のため尋ねる。

「…本当に、お白洲が始まってから今までずっと眠っていたのだな？」

「へ、へえ。せっかくの左衛門尉様の計画を台無しに…」

「なっていない。それどころか大成功と言っていいだろう」

お白洲での出来事――閻魔が何を語り、どう人間たちを翻弄《ほんろう》したのかを説明するにつれ、桃若は青ざめていく。

「お、おいら、そんなの一言もしゃべった覚えはねえのに…」

「まことか？　役者ならば、寝ながら役柄を演じることも可能なのでは？」

「そんなこと、恵渡三座《えどさんざ》の看板役者だって出来っこねえですよ！」

詰問《きつもん》する茨木に桃若は泣きそうになりながら訴える。無茶苦茶な質問という自覚はあったのだろう。茨木も深く追及はせず、好文に戸惑いの眼差しを向ける。

――では、お白洲で活《い》き活《い》きと語ったあのおどろおどろしい声の主は誰だったのか？

「……本当に、閻魔大王が冥府から出て来たんじゃあ？」

おずおずと手を挙げたのは桃若だった。

「おいら、難しいことは何にもわからねえけど…その声は、左衛門尉様にお礼を言ってったんでしょう？　だったらきっと、本物の閻魔大王が『俺に濡れ衣を着せようってのか』ってお白洲に現れたんじゃないかって、おいらは思いやすが…」

桃若にかかれば、泣く子も黙る地獄の閻魔もそこらの短気な雷おやじだ。茨木は苦虫を噛み潰したような顔をするが、好文は否定する気にはなれなかった。

遠い昔、父に読み聞かせてもらったおとぎ話を思い出す。閻魔大王は人間の罪をつまびらかに映し出す浄玻璃鏡《じょうはりのかがみ》という鏡を持っており、その鏡は水晶で出来ているのだと。

閻魔は見たのかもしれない。

『……おぬしの背負う闇は、重すぎるゆえな』

あの水晶の目で――好文に纏わり付く、深い深い金色の闇を。

その夜。

役宅の自室で、好文は脇息《きょうそく》にもたれかかっていた。夜着《よぎ》に羽織《はおり》を羽織《はお》っただけの、くつろいだ姿だ。近侍《きんじ》は誰も居ない。茨木も、今宵《こよい》は統山邸でひっきりなしに訪れているだろう客人たちの相手に追われている。

最低でも数日は、客人たちの列が絶えることはあるまい。永崎奉行の愛息《あいそく》にして将軍の覚えもめでたい新任の北町奉行が、長らく恵渡の闇にはびこっていた悪党…悪名高き鬼心の三之助とその手下を捕らえたのだ。父に取り入りたい者はもちろん、好文とお近付きになりたい者はこの機を逃すなとばかりに祝いの使者を仕立て、大量の貢《みつ》ぎ物と共に昼夜問わず統山邸に押しかけるはずである。

北町奉行所の捕《と》り手《て》が三之助たちを縄に繋ぎ、奉行所に連行する際には、恵渡の町はお祭り騒ぎとなった。目端《めはし》の利《き》く瓦版《かわらばん》屋が『英雄奉行、またしてもお手柄！』と号外をばらまき、町じゅうの人々が北町奉行所と若き奉行を称《たた》えた。日頃蔑視《べっし》されることの多かった同心たちは、惜しみ無く浴びせられる称賛に感涙《かんるい》を流していた。

だが、その熱狂の渦《うず》の真ん中に居る好文の心は、晴れやかとは言いがたい。むしろ称賛されればされるほど、良心の呵責《かしゃく》に苦しめられるのだ。…全てがお膳《ぜん》立てされた末だと、わかっていたから。

お白洲で罪を認めた後、伊左次は三之助の隠れ家の場所を吐いた。好文がただちに捕り手を向かわせると、証言通り三之助は手下と共に潜伏《せんぷく》しており、抵抗の末捕縛《ほばく》されたのだ。

あまりに円滑《えんかつ》に運びすぎではないかと、怪しむ者は居なかった。

伊左次が三之助の居場所を自ら吐いたのは、少しでも罪を軽くするためだ。罪状《ざいじょう》からしてどんなに減刑《げんけい》されたところで死罪は免《まぬが》れないのだが、市中引き回しの上磔にされるのと、ただ奉行所内の処刑場で首を落とされるだけとでは、実際に処刑される身としては大違いである。

実際、伊左次はこの功により罪を減じられ、磔を免じられて打ち首獄門となった。三之助だけは、後のお裁きで磔を免れないだろうが。

そして三之助が隠れ家を移動していなかったのは、伊左次の自白が早すぎたからだろうと判断された。伊左次が責め問いにかけられてもしらを切り続けたのは、三之助と仲間の配下たちを逃がすための時間稼《かせ》ぎでもあったのだ。だが今日のお白洲で伊左次の罪が明らかになり、奉行所の捕り手が予想外の速さで突入した。そのせいで逃げ時を誤ったのだろうと。

だが、本当は——。

「…お前の『筋書き』通りなのだろう？　明星」

脇息にもたれたまま呟けば、行灯《あんどん》の灯《あか》りを呑んだ闇にあえかな笑みの気配が混じった。閉ざされた襖がすらりと開く。

「全てが予定通り、というわけにはいかなかったがな」

音も無く室内に滑り込んだ明星は、肩から裾にかけて流水文《りゅうすいもん》に花筏《はないかだ》を描いた小袖を着流しにしていた。

粋筋《いきすじ》でもないのにこんな大胆な紋様《もんよう》を着こなせる大男は、明星くらいだろう。…茨木が万全《ばんぜん》に布《し》いていったはずの警護を難なく掻《か》い潜《くぐ》り、好文のもとまでたどり着けるのも。

今宵、この男がまた忍んでくるのはわかっていた。だから夜半を過ぎても、床《とこ》に入らずにいたのだ。

逃げるという選択肢は最初から存在しない。明星から逃げられるわけがないし、…好文にも確かめたいことがあったから。

「俺は脳髄と生き肝を奪われた幸吉の骸をお前に発見させ、三之助捕縛のきっかけにするつもりだったのだ。しかし駿河屋の内儀《ないぎ》が引き渡し場所に焔王寺の閻魔堂を指定したせいで、予定は狂ってしまった」

どういうことだと眼差しで尋ねれば、明星は好文の対面に腰を下ろしながら答えた。さすがの明星も手下の乳母の目の前で妾腹の子を殺させ、閻魔に罪をなすりつけようとしたお澄の行動は想定外だったらしい。

「お前も、女心までは読めなかったというわけか」

「読んだところで胸糞《むなくそ》が悪くなるだけだ。俺が読みたいのは、好文…お前の心のみ」

明星は獣の身のこなしで片膝を立て、伸ばした指先を好文の首筋に這わせる。おとがいを掬《すく》い上げ、金色の右目をひたと合わせた。色目はまるで違うのにあの閻魔の水晶の目を思わせる瞳は、情熱の炎を宿している。

「――見事だった」

「明星…」

「まさかあんな方法で、俺の思惑を超えてくるとは思わなかった。人喰いと恐れられる閻魔を、お白洲に引きずり出そうとは…！」

明星は腹の底から湧き上がる興奮と愉悦《ゆえつ》を隠そうともせず、獣の咆哮《ほうこう》にも似た笑いで薄闇を揺らす。おとがいから伝わるわずかな振動に、好文は戸惑わずにはいられない。

「せっかく書いた筋書きをぶち壊されて、苛立《いらだ》ちはしないのか？」

「何故？　お前は俺の桜の花だ。可愛い俺の花は、何をしても可愛いが…」

つつっと滑《すべ》った手に、夜着の袖を掴まれた。そう強い力を込められたわけでもないのに、身体ごと手妻《てづま》のように明星の腕の中へ引き寄せられる。

「俺の思惑を超えるため、お前は必死に頭を悩ませた。愛しい情人《じょうじん》が自分で頭をいっぱいにしてくれて、怒る男など居《お》らん」

「……正気か？」

「疑うのなら、確かめてみたらどうだ？」

お前の、その肌で――。

ねっとりと囁くが早いか、明星は胡座《あぐら》をかいた膝に好文を乗せた。夜着の腰紐《こしひも》を解き、羽織ごと腰までずり下ろす。

「…あ、……ん！」

首の付け根をきつく吸い上げられ、官能の波が爪先《つまさき》を震わせる。わななく太股《ふともも》をあやすように撫で、明星は緩《ゆる》めに締められた下帯《したおび》の中へ手を入り込ませた。

「…蜜《みつ》の香りがする」

「ぁ…、は……」

「男を誘い惑わせる、甘い蜜の香りだ。…俺を、そんなにも待ちわびていたか？」

大きな掌《てのひら》に包まれ、やわやわと嚢《ふくろ》ごと愛でられる肉茎《にくけい》から、くちゅくちゅとはしたない音が漏れる。

とっさに首を振れば、くくっ、とくぐもった笑いが項《うなじ》をくすぐった。

「だが、お前のような花が甘い蜜までしたたらせていては、男にたかられ骨の髄まで貪《むさぼ》られてしまうだろう。…そうならぬよう、俺が一滴残らず飲み干してやらねばな…」

「…やぁ…っ、明星、…っ」

好文は無遠慮に下帯の中を探る不埒《ふらち》な手をどうにか払いのけようとするが、肉厚の大刀《だいとう》を軽々と操《あやつ》る男には仔猫に絡まれた程度にしか感じられなかったようだ。無防備にさらけ出された項を、濡れた舌が舐《な》め上げる。

「お前も共に、味わうといい」

「え、…あ、あぁっ…」

「そうすればわかるはずだ。お前がどれほど男を…俺を誘っているか…」

止めようとした手を逆に捕らわれ、下帯の中に潜《もぐ》り込まされた。

触れさせられた己の肉茎の熱さに思わず引っ込めそうになるが、その前に大きな掌が覆《おお》いかぶさってくる。節《ふし》ばった長い指を、好文のそれに絡めながら。

「う…ぅ、あ、熱、い…」

「…そう…、熱くて、とろとろと蜜を垂《た》らしている。俺を待っていた証拠だ…」

「ち、…が、あ、ああっ」

己の手ごと、ぷるぷると打ち震える肉茎を握り込まれた。びくん、と跳ねた太股が、はだけた夜着から剥《む》き出しになる。

「ひ…っあ、あっ、あ…」

「愛しい、俺の桜の花…」

頭の中を直接かき混ぜるように蠱惑的《こわくてき》な囁きから逃れたくて、好文は懸命にもがく。…今、自分が誰の膝の上に乗せられているのかもすっかり忘れて。

「…あっ、つい…、…熱い、熱い…」

両脚をばたつかせるたび、腰をうごめかせるたび、乱れた夜着越しに熱く硬いものが好文の尻のあわいに食い込む。

……明星も……。

幾度となく穿《うが》たれた、肉の楔《くさび》――狭い腹を思うさま貫《つらぬ》き、ごりごりと擦り上げたそれの偉容《いよう》を思い出し、一度も触れられていない菊門《きくもん》が切なく疼《うず》く。

……明星も、俺を……。

余裕たっぷりに翻弄しているように見えて、明星も好文を欲しがり、熱を滾《たぎ》らせているのだ。…下帯と極上の絹でも隠し切れない、この熱さ。この硬さ。いったいいつから、欲望をつのらせていたのか。もしかして、お白洲を覗き見ていた時から？

「あぁ…っ、あ、…明星…ぃっ…」

堪えきれなくなった嬌声《きょうせい》を、好文はほとばしらせた。

とたんに強引になった明星の手の動きに合わせ、自分のそれで肉茎をごしゅごしゅと扱《しご》きたてる。愛撫を欲しがる肉茎の胴震《どうぶる》いが、先端から溢れる先走りが、明星にも伝わるように。

「お……お、好文…っ…」

「……あぁ！」

舐め回していた項に歯を立て、明星は好文の手を握り込んだ。容赦無く肉茎を揉《も》みしだきながら、尻のあわいにぐりぐりと股間を押し付ける。

「あ、あぁ…っ、あ……」

先端のくびれを摘《つ》ままれた瞬間、ぶるりと震えた肉茎は白い蜜を勢いよく噴き上げた。脱力した好文がくたくたと分厚《ぶあつ》い胸板にもたれかかれば、明星は萎《な》えた肉茎を撫で、掌を好文の前にかざす。

「…はぁ…、はあ、はあ、はぁっ…」

大きな掌をしとどに濡らす蜜は、この体内にひそむ欲望の証《あかし》だ。上下する胸に息づく小さな肉粒をもう一方の手でなぞりながら、明星は濡れた掌を己の口に運ぶ。

…じゅる…、ぴちゃ、じゅるる…。

わざとたてられる舌の音に、いやいやと首を振る余裕すら無い。尖った胸の肉粒を指先に挟まれ、こりこりといじめられてしまっては。

「……好文……」

情欲に濡れた声音が背筋を撫で上げる。振り返ってはいけない。わずかに残された理性は何度も警告しているのに、どうして身体が勝手に動いてしまうのか。

「ふ……、ん、んん、……」

肩越しに振り向くと同時に、男にしては厚い唇が喘《あえ》ぐ好文のそれに重なる。わななく口蓋《こうがい》を、頬の内側を、我が物顔で入り込んできた舌が蹂躙《じゅうりん》していく。

口いっぱいに広がる、青く苦い味。

自分の吐き出したものなんて口にするのも気持ち悪いはずなのに、かすかな甘さを感じてしまうのは、胸の肉粒を両側からこね回されているせいなのか。それとも、明星の喉《のど》がさも美味《うま》そうに上下するせいなのか…。

「……どうだ？　わかったか？」

明星は唾液《だえき》の糸を引きながら唇を離し、乳首をいじっていた手を薄い腹へと滑らせる。

「お前の蜜がどれほど甘いか。…その蜜を味わってしまったら、男という男はお前のここを精で満たし、己でいっぱいにすることしか考えられなくなる…」

「…ぅ…あ、あっ……」

そっと撫でられただけで、腹が物欲しそうにうごめくのを感じた。

違う、わからないと口先でさえずっても、ごまかすことなんて出来やしない。細く引き締まった腰を、くねらせてしまっては。…明星の太く逞《たくま》しい肉刀《にくとう》を受け容れるための菊座《きくざ》を、ひくつかせてしまっては。

「……お前、も？」

震える喉から絞り出した声には、かすかな非難が混じっていたかもしれない。今回の事件が持ち上がるまで一度も姿を現さなかったくせに、本当に自分を思っていたのかと。

「むろん。……決まっているだろう？」

くく、と喉が鳴った。

「俺の中から、お前の存在が消え去ることなど一瞬たりとも無い。いつでもお前を思っている。……お前を、こちら側に堕《お》とすことだけを」

「ひ、……ぁ、あ……！」

再びからめとられた指が、今度は肉茎ではなくその奥——ひくひくと震える菊座に導かれた。入り口のひだをなぞり、つぷ、と中に指先を沈み込まされる。

「……っ…、う、…ん…っ…」

待ちかねたとばかりに絡み付く媚肉《びにく》の熱さと貪欲《どんよく》さに、肌が内側から燃え上がっていく。引っ込めようとする指を己のそれもろともさらなる奥へ沈め、明星は濡れた唇を好文の背中に落とした。

「…俺の花」

「あ……っ、や、あ、あぁ……」

「俺の…、…俺だけの、桜の花…」

背中のあちこちにちりばめられる口付けが教えてくれる。今、好文のそこには散らぬ桜吹雪が鮮《あざ》やかに咲き乱れているのだと。明星の背中にはきっと、好文の化身でもある梅の花が浮かび上がっているのだろう。

馥郁《ふくいく》たる花の香りを嗅《か》いだ気がした。万花《ばんか》に先駆けて咲く梅花《ばいか》か、梅花を追いかけるように咲く桜花《おうか》か。それはわからないけれど。

……明星だけ、だ。

火照《ほて》る白い背中を彩《いろど》る桜吹雪が咲きゆく様を、こんなにも間近でじっくりと拝めるのは。他の誰にも許されない。

もし誰かがその手で咲かせようとすれば明星は何者だろうと斬り捨てるだろうし、好文も徹底的に抗《あらが》うだろう。この男以外に丹精《たんせい》され、咲かされるなんて想像するだけで反吐《へど》が出る。

「あっ、あ…ぁ、ん、ああ…っ」

じゅぽじゅぽと腹の中をかき混ぜるのは己の指か、それとも明星なのか。媚肉の熱に染まるにつれ、わからなくなっていく。少し膨《ふく》らんだ情けどころを、自分とも明星ともつかぬ指がごりりと抉《えぐ》る。

「ひぁぁ…！　あ、あ、明星…っ」

目の前で小さな光がいくつも弾けた。

ぴちゃ、と粘《ねば》ついた水音が腹を探るそれに混ざり、好文はぼやける瞳を恐る恐る股間に落とす。

さっき果てたばかりのはずの肉茎は熱を孕《はら》みながら勃《た》ち上がり、先端から透明な雫《しずく》をだらだらと垂らしていた。打ち震える肉茎をしたたり落ちるそれが奥を伝い、菊座に潤《うるお》いを与えているのだ。まるで自分から散らして欲しいとねだるような体たらくである。

「ああ、ぁー……！」

恥じらう暇すらくれず、明星は腹に埋《う》める指を増やした。

内側から拡《ひろ》げられ、擦り上げられれば嬌声をひっきりなしにこぼしてしまうほどの快感が駆け巡るのに、何かが足りない。指よりも太く長く、もっと奥を犯してくれる何か…好文の身も心も満たしてくれる何かが。

「……欲しいか？　これが」

きゅう、と空っぽの腹が切なく疼いたのと同時に好文の夜着をめくり上げ、いつの間にか下帯を外していた股間を菊座に押し当てる明星は鬼かもしれない。

金色の右目と肩越しに眼差しを合わせ、好文は確信する。この世の地獄を見続け、恵渡の闇にすら染まらぬ瞳には、数えきれないほどの罪が溶け込んでいる。だからこそこんなにも引き寄せられ……決して、相容れるわけにはいかないのだと。

……あれは、本当に冥府の閻魔大王だったのだ。

好文の講《こう》じた策など閻魔にしてみれば茶番に過ぎないだろうに、はるばる冥府から現れたのは、惹《ひ》かれたのかもしれない。この男の飼い慣らす濃厚な罪業《ざいごう》の気配に。…それを纏わり付かせた好文に。

「…欲し、い…」

心が、とは言えない。重ねられるのは身体だけだ。

「お前が…、…明星が、欲しい…」

「っ…、好、文…！」

解けかけた下帯を性急にかき分け、明星は好文とは比べ物にならないほど大きく熟した切っ先をほころんだ蕾《つぼみ》にあてがった。溢れた先走りで濡れた感触に、ぞくりと背筋が震える。

「あ、……あぁ、は……ぁっ！」

好文が無意識に上げた腰を、力強い腕が両側から鷲摑《わしづか》みにし——ひと思いに落とした。飢《う》えた虚《うつ》ろが一気に満たされる圧倒的な快楽に、臍《へそ》につくほど反《そ》り返っていた肉茎が潮《しお》をほとばしらせる。

熱いそれが腹や胸に飛び散る感触すら、敏感になりすぎた肌には毒だった。…きっと、明星にとっても。

「…やっ、あ、あっ、…め…、だ、めぇ…」

幼子が排泄《はいせつ》を手助けされるように両脚を大きく開かされ、真下からずんずんと突き上げられる。一突きごとに理性を奪われ、代わりに熱とさらなる飢えを植え付けられる。繫がり合う一時だけでも、この男のことしか考えられなくなるように。

いつしか好文はざわめく媚肉をこそぎ落とす勢いの律動に合わせ、自らも腰を振っていた。

……鬼でも『百人斬り』でも、結局、この男は俺にだけは甘い。

きゅん、きゅうっ、と食《は》み締めるたび腹の中で脈打つ明星に、好文の胸も高鳴る。このままずっと離れず、繫がっていられたらとありえない夢を見そうになってしまう。

もっと気持ち良くなりたければ自分のもとに来いと、悪党ならこんな時抜け目無く誘惑するだろうに、分厚い胸の中に囲い込むだけだなんて。

弾む呼吸と鼓動が重なり合い、闇に溶ける。

「く……うっ、好文……」

「あ、…あぁ、あっ…、明星…！」

骨が軋《きし》むほど強く抱きすくめられ、最奥に大量の精を注ぎ込まれた瞬間、好文は肉茎をぶるぶると震わせながら絶頂の階《きざはし》を駆けのぼった。

…正気を保っていられたのは、そこまでだった。


だから、知るよしも無い。


「これでまた、北町奉行の名声は高まった」

行灯の油が半分にまで減った頃、ぐったりと弛緩《しかん》した身体を揺すり上げ、汗ばんだ背中の桜吹雪に何度も口付けながら、明星が囁いたことも。

「もっともっと称賛を浴び、上れるだけ上り詰めればいい。どうせ地べたに突き落とすのなら、一番高いところからが最も効果的だからな」

その唇が悪辣《あくらつ》な笑みに彩られていたことも。

予想通りと言おうか、翌朝、狂おしい交歓《こうかん》の痕跡共々、明星の姿は消えていた。いつもの癖で茨木を呼ぼうとして、好文はふと思い出す。

……そう言えば、昨日は遅くまで統山の邸《やしき》で饗応《きょうおう》に奔走《ほんそう》していたのだったか。

さすがにもう役宅に戻っているだろうが、一晩じゅう働きづめだったのだ。その前にはお白洲にも付き合わせた。今日一日くらい、休ませてやるべきだろう。

「——誰か」

「はっ、左衛門尉様。お呼びでしょうか」

襖を開けて現れたのは、父が新たに付けた五人の内与力《うちよりき》の中でも最も若い男だ。

茨木が月季花《げっきか》なら、こちらは春の日差しを浴びて咲くからたちの花か。おおらかな空気を漂わせ、若年《じゃくねん》にもかかわらず内与力たちの精神的な支柱になっている。

「すまぬが、着替えを…」

「着替えならば、こちらに」

若い内与力を押しのけるように、茨木が廊下に膝をついた。朝から一分《いちぶ》の隙も無く小袖と袴を身に着けているが、珍しいことに、軽く息を弾ませている。

「お前、休んでいなくて良いのか？」

「お心遣いは嬉しゅうございますが、好文様の身の回りのお世話は、若い者にはまだまだ任せられませんので」

つかの間、睨み合った茨木と若い内与力の間に、不可視《ふかし》の火花が散ったように見えたのは、気のせいだったのか。若い内与力は茨木と対照的に優しげな顔に苦笑を滲ませる。

「茨木どのがおいでになったのでしたら、私の出る幕はございませんね。茨木どの、左衛門尉様をお願いいたします」

「貴様に言われるまでもない」

すれ違いざま、憎々しげに歪《ゆが》んだ内与力の顔を見届けたのは茨木だけだ。

いつもの空気の中、好文は身支度を整えながら昨夜の報告を受ける。暮《く》れ八《や》つ近くになっても祝いの使者が絶えなかったため、統山邸では門前に篝火《かがりび》を焚《た》いて対応するはめになったそうだ。

「永崎の殿には、今朝早馬《はやうま》でこたびの一件をお知らせしました。好文様のご活躍、さぞお喜びになるでしょう」

「……そう、か」

父宛の書状に明星の存在は記されているのかと尋ねかけ、好文は唇を噛む。父の忠実な家臣であり、愛人でもある茨木が、あの危険な男を父に報告しないわけがない。

問題はその内容だ。鷹文は茨木に絶対の信頼を置いている。もしも茨木が明星を今すぐ排除すべきだと進言すれば…。

「――『百人斬り』については、殿にはお知らせしませんでした」

「えっ？」

はっと瞠《みは》った瞳が、袴《はかま》の腰紐を慣れた手付きで結ぶ茨木のそれと重なった。

「こたびの一件はあくまで好文様がご自分のお力で解決されたと、そうご報告しました」

「…だが、お前は知っているだろう？　全てはあの男が…」

「筋書きを書いたのがあの男だとしても、桃若を使い、閻魔をお白洲に引き出し、勝五郎に真実を告白させたのは好文様です。偽りを申し上げてはおりませぬ」

「お前は…、それでいいのか？」

愛しい養《やしな》い子を闇へ引きずり込もうとする明星に、茨木は強い憎しみと敵愾心《てきがいしん》を抱いている。にもかかわらず、あの男を助けるような真似をするとは。

「瓢箪長屋での邂逅《かいこう》で痛感しました。あの男は、一撃で首を落としでもしない限り退散させられない。…しかし私では、まともにぶつかっても致命傷を負わせられるかどうか…」

「実醇…」

こと剣に関しては他者の追随《ついずい》を許さず、好文を脅《おびや》かすもの全てを斬り捨ててきた茨木が己の不利を認めるのは初めてだ。ほぼ同時に剣客を仕留めた瞬間、人の領域を超えた者同士にしかわからない何かがあったのか。

「ならば、引き込まれぬよう利用すればいいと判断しました。…少なくとも今のところ、あの男は好文様に手柄を立てさせ、名声を高めようと尽力《じんりょく》しています。同じ闇の住人どもを差し出してでも」

「…利用…」

「桃若と同じです。むろん、役者ごときと同じに扱っては痛い目を見るでしょうが…」

それ以上は何も言わず、腰紐を結び終えた茨木は召し使いに朝餉《あさげ》を運ばせた。

共に朝食を取りながら明星について一切言及《げんきゅう》しないのは、きっと見透かしているからだろう。

好文の心の中から、明星の存在を消すことは不可能だと。…たとえ、最愛の父であっても。

……俺はあの男を忘れられない。

昨夜の濃厚な交わりを思い出すだけで、心と背中の桜吹雪が疼く。後にも先にも、そんな存在は明星だけだろう。

けれど、あの男が差し出す手を取ることだけは出来ない。好文は父の息子であり、茨木の養い子であり、恵渡の治安を守る北町奉行なのだから。

食後の茶を飲み終え、よし、と息を吐き出した。悩みだらけの頭を、町奉行のそれへと切り替える。

「行こうか、実醇」

「はい、好文様。どこまでもお供します」

——そうして、一月後《ひとつき》。錦次《きんじ》のいでたちで茨木と共に町へくり出した好文は、早耳の桃若から思いがけぬ朗報《ろうほう》を聞かされる。

「…勝五郎とお照に、子が出来たあ？」

「へえ。瓢箪長屋の近くに住んでる贔屓筋《ひいきすじ》が教えてくれやした」

お照の懐妊《かいにん》がわかったのは、お白洲が開かれた十日ほど後のことだったらしい。体調不良が続き、心配した勝五郎が医者に連れて行ったら、おめでただと告げられたそうだ。

──お前は赤子の命を救った。ならば我はお前に報いるため、流された命を返してやろう。

「そういう意味だったのか……」

閻魔の言葉が、すとんと腑《ふ》に落ちた。茨木もまた隣で頷くが、桃若だけはわけがわからないと言わんばかりに首を傾《かし》げている。地獄の判事である閻魔大王と、子宝が結び付かないのだろう。

「閻魔大王はな、陽ノ本では地蔵菩薩《じぞうぼさつ》の化身《けしん》とされてるんだ」

「お地蔵様の…？」

「地蔵菩薩は人々が輪廻《りんね》をくり返す六道《りくどう》全てに現れ、衆生《しゅじょう》を救済する仏。閻魔大王は地蔵菩薩の姿の一つとされている」

好文の説明に、桃若は掌を打った。

「お地蔵様は子どもの守り神だ。だから幸吉の命を救った礼に、新しい命を授けて下さったたってわけですかい」

「ああ。そういうことだろうな」

勝五郎は跳び上がらんばかりに喜び、閻魔詣でのおかげで子を授かったとあちこちに吹聴《ふいちょう》して回ったそうだ。

評判は評判を呼び、今や焔王寺の閻魔は子授け閻魔として数多の参拝客の信仰を集めているという。人喰い閻魔と呼ばれることは、二度と無いだろう。

閻魔の約定はここに成就《じょうじゅ》した。

つまり、もう一つの約定《やくじょう》もまた…。

――おぬしの背負う闇は、重すぎるゆえな。

「錦次……」

同じ不安に思い当たったらしい茨木が、心配そうに好文の手を取る。地獄の閻魔すら重すぎると評するほどの明星を、突き放してしまった方がいいのはわかっているけれど。

好文は茨木の手を握り返し、微笑んだ。

「…大丈夫だ、実醇。俺はあの男に堕とされたりはしない」

閻魔が罪人を裁く判事であり、同時に人々を救う仏であるように、町奉行として恵渡の罪人を裁き、罪無き人々を救い続ける。そうすればきっと、背中の桜吹雪は『百人斬り』の情人の証ではなく、正義の紋章になるだろう。

「いよっし、じゃあ錦さん、今日はおいらのとっておきの小屋に案内しますぜ」

通りがかった贔屓筋が差し出した手拭《てぬぐ》いに名前を入れてやっていた桃若が、ぴかぴかの笑顔を向けてくる。このあたりに最近掛かった芝居小屋が、なかなか評判がいいらしい。

「そりゃあいいが、構わねえのか？　商売敵《がたき》が見に来てるとばれたら、叩き出されちまいそうだが」

「だから錦さんとご一緒するんでさ。錦さんとそのおっかないお人にくっついていれば、誰も乱暴な真似は出来やしねえでしょうし」

「…貴様、犬の分際《ぶんざい》で錦次を利用する気か？」

冷気を発しつつも、養い子第一の茨木は止めようとはしない。その手を笑顔で引きながら、好文は守るべき人々の行き交う雑踏へと交じっていった。

人ごみの向こうからこちらを窺う男が、金色の右目をゆったりと細めたことにも気付かずに。

桜吹雪は月に舞う
～奉行と人斬り～

鬼心《きしん》の三之助《さんのすけ》とその配下たちが捕らえられ、お白洲《しらす》にて裁《さば》きが下《くだ》された三月《みつき》ほど後。

「御奉行《おぶぎょう》。…たった今、子伝馬町《こでんまちょう》より報告が。鬼心の三之助の配下、伊左次《いさじ》の斬首《ざんしゅ》が終わったそうにございます」

配下の同心《どうしん》、高江《たかえ》忠三郎《ちゅうざぶろう》が役宅《やくたく》まで報告に訪れた。好文《よしふみ》は書き物の筆を止め、いつに無く神妙な表情の忠三郎に向き直る。

「そうか。…ご苦労だった。浅右衛門《あさえもん》にも大儀《たいぎ》であったと伝えてくれ」

「承知いたしました」

斬首を務めた執行人の名を挙げてねぎらうと、忠三郎は一礼して去っていった。知らぬうちにこもっていた肩の力が抜ける。気遣わしげににじり寄ってきた茨木《いばらぎ》に、好文は首を振った。

「大丈夫だ、実醇《さねあつ》」

「…ですが、お顔の色が悪うございます。このところ御用繁多《はんた》でお疲れなのですから、無理はなさらない方が良いかと」

好文の返事を待たず、茨木は手早く茶を淹《い》れてきた。執務を手伝っていた他の内与力《うちよりき》たちを目配せだけで追い払い、茶碗を差し出してくれる。父鷹文《たかふみ》が永崎《ながさき》から送ってくれた、薔薇《ばら》の描かれた南蛮《なんばん》製の茶碗だ。金彩《きんさい》の施《ほどこ》された取っ手が付いており、持ちやすい。

「……いつまで経《た》っても慣れないものだな。死罪というのは」

好みの熱さのかぐわしい茶を啜《すす》ると、溜め息と共にこぼれるのは、高江たち配下の前では絶対に口にしてはならない本音だ。

三月ほど前に捕縛《ほばく》された鬼心の三之助には、市中引き回しの上磔《はりつけ》の沙汰《さた》が下された。刑はすみやかに執行され、三之助の骸《むくろ》は三日間鈴《すず》ヶ《が》森《もり》の刑場に晒《さら》された後、そのまま打ち捨てられている。

腹心《ふくしん》であった伊左次もまた同じ運命をたどるはずであったが、伊左次が三之助の居場所を素直に吐いたことが三之助一党の捕縛につながったと評価され、死罪となった。罪木《ざいもく》にくくり付けられ、槍《やり》で突き殺される磔と違い、死罪は子伝馬町の牢屋敷内にある死罪場において首を斬られるだけだ。同じく命をもって償《つぐな》う刑ではあるが、苦痛が一瞬で終わる分、死罪の方が軽いと言える。

三之助の磔も伊左次の死罪も、牢屋《ろうや》奉行に命令したのは好文だ。だから今日、伊左次の首が斬られることは承知していた。

この手で人を斬ったことはある。けれどそれは、応戦しなければこちらの命が危ういからだった。罪人とはいえ、命を奪うための命令書に署名することは、心の臓が締め付けられるような重苦しい痛みを伴《ともな》う。罪を犯した彼らの自業自得だとしても。

「好文様は優しいお方ゆえ、汚《けが》らわしい罪人であろうと思い遣られてしまうのでしょう。慣れないのも当然かと」

母親代わりでもある茨木は決して好文を責めず、いたわってくれる。茨木にとっては恵渡《えど》の治安よりも町奉行の務めよりも、好文の心身の方が大切なのだ。

「だが俺は町奉行だ。慣れなくてはなるまい。…さもなくば、浅右衛門たちに申し訳が立たない」

死罪となった罪人の斬首は、本来、奉行所の同心たちの中から手練《てだ》れが選ばれ、その者が行うことになっている。

だが二百年近くも泰平《たいへい》の世が続いた今、極悪非道な罪人であっても、手にかけるのは誰もが忌《い》み嫌う。生きた人間の首を一刀《いっとう》のもとに落とすこと自体、高い技術と才能が必要だ。普段は刃《は》引《び》きした刀を携《たずさ》えお役目に励《はげ》んでいる同心たちに、人斬りの技術を要求するのは難しい。

そこで彼らに代わり、罪人の斬首を一手に引き受けているのが山多《やまだ》浅右衛門――通称『人斬り浅右衛門』とその門弟《もんてい》たちである。『浅右衛門』は山多家の当主が代々受け継ぐ名乗りだ。

山多家は身分こそ主君を持たぬ浪人でありながら、並の小大名よりも豊かな内証《ないしょう》を誇る。その富の源《みなもと》は斬首の代行…ではない。斬首の代金として支払われるのはせいぜい金二分《ぶ》（一両の半額）程度だ。山多家に大いなる富をもたらすもの、それは斬首された罪人の骸である。

罪人の骸は、そのまま山多家に下げ渡されるのが慣習だった。浅右衛門は自《みずか》らが手にかけたその骸を、刀剣《とうけん》の試し切りに用いる。

将軍家や大名家、富裕な武家などが、所有する刀剣の切れ味を確かめるため、多額の報酬を支払って浅右衛門に依頼するのだ。刀は人を斬るための道具だが、戦が絶えて久しい現代、人間の身体を斬る機会はほとんど無い。

　浅右衛門は試し切りの経験を活《い》かして刀剣の鑑定も行い、そこでも大きな謝礼を得ている。

しかし収入源として大きいのは、何と言っても骸から取り出した脳や生き肝《ぎも》を使って作る人丹《じんたん》、山多丸《やまだがん》であろう。

　労咳《ろうがい》（肺結核）や瘡《かさ》（梅毒《ばいどく》）など、万病《まんびょう》に効くと謳《うた》われるのは、三之助たちがかどわかした子どもたちの生き肝から作っていた人丹と同じである。だが三之助たちと違い、浅右衛門は公《こう》儀《ぎ》から人丹の製造と専売の権利を認められている。堂々と購《あがな》える唯一の人丹を求める者は多く、山多家を富豪ならしめていた。

「好文様が気にかけられる必要はございません。山多家はそのために系譜《けいふ》をつないでいるのですから」

　雪でこしらえた月季花《げっきか》のような茨木の美貌に、かすかな嫌悪が滲《にじ》んだ。茨木でなくとも、武士であれば山多家の在《あ》り方には誰もが嫌悪もしくは違和感を抱くだろう。

　通常の武家は子孫に家督《かとく》を継がせるのが鉄則だ。当主に子が無ければ一族から養子をもらい、可能な限り血をつなごうとする。

　だが山多家は数多《あまた》の門弟たちの中から最も技量に優《すぐ》れた者を選び、その者を次代の浅右衛門として当主に据える。一太刀《ひとたち》で首を落とす人間離れした技量は、血だけでは受け継がれないからだ。

当代、七代目の浅右衛門慈利《よしとし》もまた先代から希代《きだい》の人斬りと認められ、当主となった男であった。

しかし慈利は何故かここ二十年ほど公《おおやけ》の場に姿を現さないそうで、好文も一度も対面したことが無い。伊左次の斬首を行ったのも、おそらく慈利の門弟だ。茨木が嫌悪を露《あら》わにするのは、浪人ふぜいが奉行たる好文にあいさつもしないのは無礼だという怒りもあるのだろう。

「怒るな、実醇。浅右衛門は浪人だ。公儀の人間ではないのだから、町奉行にあいさつをする義理も無いだろう」

「しかし、好文様は畏《おそ》れ多くも上様《うえさま》より直々《じきじき》に任命された町奉行でいらっしゃいます。お父上様は永崎奉行。並の幕臣《ばくしん》とは格が違いますのに」

「実醇、実醇」

好文は苦笑し、茶碗を文机《ふづくえ》に置いた。ごろりと寝転がれば、茨木は不満そうにしつつも膝を差し出してくれる。幼い頃から馴染んできた茨木の膝は、極上の枕だ。頭を乗せた瞬間眠気が襲ってくる。

「少し疲れた。しばらくの間、眠らせてくれるか」

「…もちろんです、好文様。ゆるりとお休み下さい」

優しく頭を撫でてくれる茨木の眼差しは、慈《いつく》しみ深い母親のそれだ。まぶたを閉じたとたん、馴染み深い匂いと温《ぬく》もりが好文を眠りの世界へ誘う。

……明星《あかぼし》は、伊左次の斬首を見たんだろうか。

三之助や伊左次たちを一網打尽《いちもうだじん》に出来たのは、あの男の陰の助力あってこそだ。

意識が沈む寸前、脳裏に過《よ》ぎったのは右目を妖しく光らせ、斬り落とされる首を見詰める明星だった。


伊左次の斬首が行われた五日後は、遠島《えんとう》を言い渡されたお澄《すみ》と乳母が流人船《るにんせん》に乗せられ、流刑先《るけいさき》の八錠島《はちじょうじま》に運ばれる日である。真君光彬《しんくんみつあき》公の改革により最低限の衣食住は保証されるようになったものの、数ある流刑地の中でも最も過酷な環境の島は、そこに流されるくらいなら死罪にしてくれと懇願《こんがん》する罪人が後を絶たない。

お澄と乳母もさんざん見苦しく抵抗したが、出航地である永泰橋《えいたいばし》に他の流人たちと共に護送されていったと報告があった。そのわずか一刻後《いっとき》だ。護送に付き添っていったはずの高江が、朋輩《ほうばい》に抱きかかえられるようにして好文の前に現れたのは。

「高江…!?　どうしたのだ、その姿は」

好文のみならず、茨木や他の内与力たちまでもが驚愕した。高江の顔は死人のように白く、朋輩に支えられなければ今にもくずおれてしまいそうなのに、息だけは獣のように荒い。そして漂う、かすかな血の匂い。

「どこか怪我でも負ったのか？　誰か、医師を…」

「…いえ、御奉行。医師は必要ございません。私はかすり傷一つ負っておりませぬゆえ」

ならばこの匂いは何なのか。いぶかしむ好文の前で高江は朋輩の手を借りてひざまずき、額を畳《たたみ》に擦り付けた。

「申し訳ございませぬ！　流人船が何者かに襲われ、…お澄と乳母を、殺害されてしまいました！」

「何だと…!?」

好文が思わず身を乗り出すと、内与力たちもいっせいにざわめいた。彼らが静まるのを待ち、居住まいを正しながら高江に問いかける。

「…何があった、高江。ゆっくりでいいから話してくれ」

「御奉行、私が…」

「いや、いい」

代わりを買って出ようとした朋輩を、高江はほんの少しだけましになった顔色で制した。

「気持ちはありがたいが、私がご説明申し上げねばならぬのだ。…この感覚は、じかに味わった者でなければわからないからな」

高江は気丈に身を起こし、訥々《とつとつ》と語っていく。ついさっき、永泰橋のたもとで起きた惨劇《さんげき》について。

——半刻ほど前。

永泰橋に到着した高江は、流人たちを流人船に乗り込ませようとしていた。今日、八錠島へ送られる流人はお澄と乳母を含めて八名だ。永泰橋から送られた流人はご赦免《しゃめん》が絶対に無いとされるため、桟橋《さんばし》は流人たちと最後の別れを惜しむ人々で賑《にぎ》わっていたが、お澄の元夫・卯兵《うへ》衛《え》の姿は無かった。

別れが済めば、いよいよ出立《しゅったつ》である。高江は取り縋《すが》ろうとする人々を下がらせ、流人たちを粗末な流人船に押し込んでいった。

航海技術の未発達なこの時代、海が荒れれば八錠島にたどり着く前に難破し、命を落とすことも珍しくない。泣き喚《わめ》くお澄と乳母の順番が訪れた時だ。人垣から小柄な男がするりと抜け出したのは。

男は着流しに大刀《だいとう》を差し、目だけを出した覆面をかぶっていた。そんな怪しい風体《ふうてい》の者が交じっていれば必ず気付くはずなのに、どうして見逃していたのか。

高江が慌てて駆け寄ろうとする前に、ばっ、と紅《あか》い花が咲いた。

『き…っ、きゃあああああっ！』

人垣から悲鳴が響き渡り、嫌だ嫌だと喚いていたお澄が鮮血を噴き上げながら倒れる。誰が何をやってのけたのか、高江にはわからなかった。覆面の男が大刀を閃《ひらめ》かせ、乳母を袈裟《けさ》懸《が》けにするまでは。

……馬鹿な、この一瞬で⁉

いったいどんな身体能力をもってすれば、瞬《まばた》き一つの間に距離を詰め、二人も斬ることが出来るのか。高江には、どれだけ修練を積もうと絶対に不可能だ。

さっきまでうるさいくらい喚いていたお澄と乳母は、全身を鮮血に染め、ぴくりとも動かない。一撃で人間を仕留めることの困難さを、高江はよく知っている。間違い無く、この覆面の男は人を斬り慣れた凄腕《すごうで》の剣客《けんかく》だ。

『…お…っ、追え！　その者を決して逃がすな！』

流れるような動作で納刀《のうとう》し、身を翻《ひるがえ》した男を指差し、高江は叫んだ。

我に返った朋輩の同心たちが刀を抜き、いっせいに斬りかかる。切れない刃引きの刀とはいえ、多勢に無勢《ぶぜい》だ。取り囲まれた男に逃げ場など無い——はずだったのだが。

同心たちのくり出す何本もの刃《やいば》の、わずかな隙間。常人では見極めることすら難しいそこを、男は舞でも舞うかのようにすり抜けていくではないか。しかも朋輩たちはたたらを踏み、次々と転んでいく。

こうなったら自分がやるしかない。高江は流人たちを船頭《せんどう》に任せ、男の背中を追った。だが男が肩越しに眼差しを投げてきたとたん、本人の意志に反し、高江の足はぴたりと止まってしまったのだ。

「…死んだ、と思ったのです」

淡々と話していた高江が、ぶるりと肩を震わせた。

血の匂いがいっそう強く漂う。覆面の男に斬られたお澄と乳母の血が黒羽織に染み込んだのだろうか。それにしては濃厚すぎるが。

「死んだ…、だと?」

「そうとしか言い表せません。お澄と同じように一刀のもとに斬り捨てられ、悲鳴も上げられぬまま死んでいく己の姿が脳裏に浮かび…肉と骨を断たれ、心の臓が破裂する感触まで覚え…我に返った時、男の姿はどこにも無かったのです。代わりにこれが落ちておりました」

高江が震える手で畳に置いたのは、紐《ひも》の千切れた根付《ねつけ》だった。木彫りで月に雲の紋所《もんどころ》をかたどったそれは特に高価でもなく、どこにでも売っていそうなありふれた品だ。

しばし、誰もしゃべらなかった。品自体は平凡でも、瞬く間に二人も斬殺した犯人の持ち物だと思うと不気味な妖気を放っているように感じてしまう。

姿も名前も謎に包まれた男――だが好文の頭には、明確な姿が浮かび上がっていた。

……明星……。

明星と名乗るあの男の本名は、月雲十九郎《つくもじゅうきゅうろう》だ。月に雲の紋…月雲。

あの男なら出来る。お澄と乳母どころか、桟橋に居合わせた全員を斬殺し、鼻歌でも歌いながら悠然と引き上げてみせるだろう。誰にも捕まらずに。

……でも、違う。明星ではない。

明星は好文より頭一つ以上長身の偉丈夫《いじょうぶ》だ。小柄などと表現されることはあるまい。それに月雲家の家紋は、好文の背中に刻まれたのと同じ桜だったはずだ。何より、あの男が好文の評判を汚すような真似をするわけがない。

しかし、明星でないとすれば誰が。思考を巡らせようとして、好文はふと隣の茨木に目を留めた。雪よりも白い頬が、心なしか青ざめている。

茨木も明星を思い浮かべたのだろうか。だが明星が覆面の男の条件に当て嵌《は》まらないことは知っているはずだ。

「……問題は、これだけではございませぬ」

重苦しい沈黙を苦渋の表情で破ったのは、高江だった。

「我らが覆面の男を追っている間に、流人の一人が船頭を打ち倒し、逃げ出してしまったのでございます」

「……な、……何という失態！」

「貴様…、同心の分際で左衛門尉《さえもんのじょう》様の名誉を地に堕《お》とすつもりなのか⁉」

内与力たちが血相《けっそう》を変え、高江を責め立てるのも無理は無い。流刑地で罪を償わせるべき罪人をむざむざと二人も殺されたばかりか、一人を逃がしてしまうとは。民に忌み嫌われていた前北町奉行、石野安房守《いしのあわのかみ》すら犯したことの無い大失態だ。

事実が広まれば、若すぎる町奉行や父鷹文を疎《うと》んじる一派はここぞとばかりに騒ぎ立てるに違いない。しくじった好文も、その父親も責任を取って辞任すべきだと。鷹文から好文を盛り立てるために遣わされた内与力たちには、決して看過《かんか》出来ぬ事態だ。

「今すぐ腹を切って詫《わ》びよ！　その汚らわしい顔を、左衛門尉様の御前《ごぜん》に晒すな！」

普段はおおらかな空気を漂わせ、笑みを絶やさない若い内与力までもが怒りのまま叫ぶ。高江も朋輩もじっと耐え忍ぶだけなのは、彼ら自身、腹を切って詫びるのが当然の失態だと考えているからだろう。たぶん、好文への報告を終えた後は…。

茨木が騒ぐ内与力たちを冷ややかに睥睨《へいげい》した。

「――皆、静まれ。騒々《そうぞう》しい」

「っ…、しかし茨木どの、こやつらは…」

「その者たちを責めたところで事態は解決せぬ。益体《やくたい》も無いことに時間を浪費するなど、愚《ぐ》の骨頂《こっちょう》ではないか」

これ以上無い正論に、いきり立っていた内与力たちもさすがに黙り込む。好文は頷き、高江に語りかけた。

「高江。腹を切ってはならんぞ」

「…っ…！　ですが御奉行、私は…」

「ならんと言ったら、ならん。死んだらそこで終わりだ。責任を取ると申すなら、己が手でこの事態を打開することで取れ。…いいな？」

「は、……ははっ！」

泣き崩れる高江を、朋輩が何度も頭を下げながら連れて行く。あの様子からして、やはり報告を終えたらすぐにでも腹を切るつもりだったのだ。…止められて良かった。

「左衛門尉様、……申し訳ございませんでした」

腹を切れと怒っていた若い内与力が頭を下げた。他の者たちも、いつになく神妙な表情だ。父が遣わしてくれた家臣たちは優秀だが、あくまで彼らの忠義の対象は父であるという態度を崩さなかったのに。

「…構わん。だが覚えておいてくれ。俺は命で責任を取るという考えが嫌いだ。どんな失態だろうと、命さえあれば必ず挽回《ばんかい》出来るのだから」

罪人たちにはまさに命で償わせているのに矛盾だとは思うが、内与力たちは真剣に頷いてくれた。彼らが情報収集のため町奉行所へ行ってしまうと、茨木が優しく肩を撫でてくれる。

「永崎の殿と同じことを仰《おお》せになりましたね」

「…父上と？」

「永崎の殿に見出《みいだ》された者は、命の危ういところを助けて頂いた者も少なくありません。その命、我が許し無く捨てることは認めぬと…あの者たちもそうでした」

好文の中に尊敬してやまない父を見たから、素直に従ってくれたのだろうか。鷹文は好文にとっても愛する父親であり、偉大なる先達《せんだつ》でもあるので、嬉しくはあるのだが。

……お前も、そうだったのか？

口から出かけた問いを、好文は寸前で呑み込んだ。月に雲の根付をじっと見詰める茨木の顔が、いよいよ青ざめていたからだ。

茨木は好文の駒にされるため、たまたま見かけた鷹文に拾われたのだと聞いたことはある。赤子だった好文が懐《なつ》いてくれたから、獣から人に立ち戻れたのだとも。だが詳しい経緯《けいい》までは教えられていない。鷹文に拾われるまでの茨木が何をして生きていたのかも。

……実醇はどこで生まれ、どうやって俺のところまで来てくれたのだろう？

いつもは気にもならないことが、今日は妙に引っかかった。


「旦那ぁ。やっぱ、休んでた方がいいんじゃないですかい？」

好文《よしふみ》の隣を歩く茨木《いばらぎ》に、半歩後ろから付いて来る桃若《ももわか》が心配そうに問いかける。

「…貴様に心配されるいわれは無い」

茨木はうっとうしい羽虫でも追い払うように手を振るが、その頬はここ数日で長患《ながわずら》いの病人のように削《そ》げ、青ざめてしまっている。もとが人間離れした美貌だけに凄《すご》みを増し、道行く人々がちらちらと振り返っていた。まるで病で顰《ひそ》めた顔さえ美しく、誰もがこぞって真似をしたというういにしえの唐土《もろこし》の美女のようだ。

「ですが、そんな顔じゃ…」

「顔で刀を振るうわけではないのだから、問題は無い。…何ならその首で確かめてみるか？」

めげずに食い下がる桃若を、茨木はぎろりと睨み付ける。気弱な桃若は『ひいっ』と跳び上がり、好文に縋《すが》り付いてきた。

「きっ、錦《きん》さぁん、おっかねえ旦那がますますおっかねえですよお…」

「すまねえな、桃若。ちょっと色々あったもんで、神経を尖らせちまってるんだ。勘弁してやってくれ」

よしよし、と桃若の頭を撫でてやる好文は小銀杏《こいちょう》に着流しを纏《まと》い、草履《ぞうり》をつっかけた遊び人の錦次《きんじ》の出で立《た》ちだ。弁慶格子《べんけいごうし》の小袖《こそで》を粋《いき》に着崩した桃若はその遊び友達、地味な小袖と袴《はかま》姿の茨木は用心棒の役どころである。…用心棒にはありえないくらい美しすぎたとしても。

「…そ、…そうですね。あんなことがあっちゃあ、おっかねえ旦那が尖るのも当たり前だ。くそ、町の奴ら、言いたいことばっかし言いやがって」

好文に撫でられてご満悦《まんえつ》だった桃若が、きっとまなじりを吊り上げる。さっき弐本橋《にほんばし》で落ち合った時など、奉行所《ぶぎょうしょ》の失態を面白おかしく書いた瓦版《かわらばん》をばら撒《ま》いていた読み売りに飛びかかり、取っ組み合いの喧嘩をくり広げそうになっていた。

好文はひょいと肩を竦《すく》めた。

「仕方ねえさ。しくじっちまったのは事実だからな」

「錦さ…、…御奉行様は悪くねえ！　悪いのは人斬り野郎と、そいつを逃がしっちまったとんまな同心《どうしん》だ。どうして御奉行様ばっかし悪くいわれなきゃならねえんですかい」

「それも仕方ねえ。何かあった時、悪く言われるのが御奉行様の役割だからな」

七日前。

お澄《すみ》と乳母が殺され、流人《るにん》の一人が逃げ出したと報告があってから、好文たちは懸命の捜索を続けているが、結果は芳《かんば》しくない。

逃げた流人の素性《すじょう》は、捕物帳《とりものちょう》の記録をたどってすぐに判明した。弐本橋界隈《かいわい》に店を構える恵《え》渡《ど》有数の呉服商、千歳屋《ちとせや》の手代《てだい》、清次郎《せいじろう》だ。まだ二十歳と若い清次郎が遠島《えんとう》を申し付けられたのは、こともあろうに千歳屋の主人弥七郎《やしちろう》の妻、お辰《たつ》との密通が発覚したためである。

陽ノ本《ひのもと》において密通は固く禁じられており、ご定法《じょうほう》上では男女共に死罪だが、近年ではその決まりも緩《ゆる》みつつある。間夫《まぶ》側が夫に示談金を払えば、それで内済《ないさい》となることがほとんどだ。

しかし清次郎の場合は相手が主人の妻であったことから、裁《さば》きを担当した南町奉行所内では厳しく罰されるべきとの声が強く、いったんはご定法通り死罪が申し付けられた。

そこへ減刑を嘆願《たんがん》したのが、主人の弥七郎である。

弥七郎は身寄りの無い子や貧しい家庭の子を進んで引き取り、温かな寝床と食事、そして教養を与え、さらには働き口まで世話をしてやることから『仏の弥七』とあだ名される人格者だ。清次郎もまた、弥七郎に引き取られた孤児だった。

飼い犬に手を噛まれたにもかかわらず減刑を願った弥七郎により、清次郎は罪一等を減じられ、遠島とされたのだ。妻お辰は罪を恥じたのか、奉行所に連行される前に首を吊ってしまったが、弥七郎の手で手厚く供養《くよう》された。裏切り者の手代と妻を許した弥七郎は生き仏と褒《ほ》め称《たた》えられたという。

一方で、清次郎は終始密通を認めようとしなかったそうだ。

『密通が発覚した日、お辰に呼ばれて座敷に行ったら、半裸のお辰が倒れていた。驚いて助け起こそうとしたところを番頭に目撃され、密通だと騒ぎ立てられた』

清次郎はそう主張した。しかしお辰の部屋に隠されていた恋文の筆跡が清次郎のものであったことや、当時清次郎が人目を忍ぶ様子でお辰と話しているところを何度か目撃されていることから、密通は間違い無いものと断じられたのだ。お辰もまた、己の所業を悔《く》いる書き置きを遺している。

清次郎が逃亡したのは、目撃者の番頭と弥七郎を逆恨みし、意趣返《いしゅがえ》しをするためか。はたまた町奉行所の手の及ばぬ他国へ逃げおおせるためか。

どちらにせよ許されることではない。北町奉行所は総力を挙げて清次郎を捕らえなければならないが、捕縛《ほばく》されるべき人間はもう一人居る。お澄と乳母を斬殺《ざんさつ》した覆面の男だ。

こちらは清次郎と違い、手掛かりとなる情報はほとんど無い。

権高《けんだか》なお澄は嫌われ者ではあるものの、遠島とされたのにわざわざ殺してやりたいとまで恨む者は居ないようだった。元夫の卯兵衛《うへえ》なら大金を積んで凄腕《すごうで》の暗殺者を雇うことも可能だが、妾《めかけ》と我が子と念願叶って幸せに暮らしている男が、危険を冒《おか》してまで元妻を殺させたりするだろうか。もちろん卯兵衛本人は事件について何も知らないと証言している。好文も配下の同心たちも、卯兵衛は関係無いだろうと考えていた。

事件の起きた桟橋《さんばし》周辺を聞き込んでも、覆面の男らしき人物を目撃した者は見付からない。二人も斬殺しておきながら誰にも捕まらず、霧のごとく消え去ってしまった男が残した唯一の手掛かり――月に雲の根付《ねつけ》。

あれを見てからというもの、茨木の様子はおかしくなる一方だった。

好文の世話だけはいつも通り抜かり無くこなすが、少しでも手が空けばぼんやりと遠くを見詰めたり、考え事にふけったりしている。何かあったのかと問うても、何でもないと微笑《ほほえ》むばかり。食も細くなり、普段は茨木と反目《はんもく》している内与力たちさえ心配する始末だ。

だが茨木ばかり気にかけているわけにもいかない。流人二人を殺され、一人を取り逃がしてしまった北町奉行所の失態は瞬《また》く間に知れ渡り、恵渡庶民の失望と失笑を買ってしまったのだから。好文を『英雄奉行』と称えていた瓦版は掌《てのひら》を返したようにこき下ろし、少しずつだが、『若すぎる町奉行にはやはり問題があったのだ』という声が高まりづつある。

唯一の救いは、町奉行の支配役である老中《ろうじゅう》からの処分が今のところ無いことだろう。おそらく好文を買ってくれている将軍光護《みつもり》が押しとどめているのだ。

光護が抑えてくれているうちに、事件を解決しなければならない。しかし覆面の男も清次郎も未だ行方は知れず、七日目の今日、好文はとうとう自《みずか》ら捜査に赴くことにしたのである。

最初は茨木を置いて、桃若と二人で行くつもりだった。だが錦次の格好で役宅を抜け出そうとしたら、茨木が裏口で待ち構えており、三人の道行きになったわけだ。

「……、わかりやした」

悔しそうに唇を嚙んでいた桃若が、ぐっと拳《こぶし》を握り締めた。毎日のようにばら撒かれる瓦版と、好文からの文で、事件についてはあらかた知っているはずだ。

「おいらも男だ。こうなったら、ぱぁーっと華麗に罪人をとっ捕まえてやりまさあ！　そうすりゃ町の奴らだって、錦さ…、…御奉行様を見直すに決まってらあ」

「よし。その意気だぞ、桃若。頼りにしてるからな」

「へいっ！　大船に乗ったつもりでいて下せえ！」

桃若は得意満面で胸を叩いた。こんな時、いつもなら『馴れ馴れしいぞ、無礼者』と茨木がすかさず拳をお見舞いするのだが、今日は黙ったままだ。桃若も調子が狂うのか、ちらちらと茨木を窺っては首を傾《かし》げている。

ちぐはぐな空気を持て余しながらも、三人は最初の目的地——千歳屋にたどり着いた。

根付以外何の手掛かりも無い覆面の男よりは、面《めん》が割れており、知己《ちき》も多い清次郎の方が探しやすい。まずは清次郎の潜伏先を見付け出すため、千歳屋に入り込んでみようという手はずになっている。同心たちもさんざん探りは入れただろうが、好文の視点からなら新たな事実が見えてくるかもしれない。

「おお…、こりゃすげえ…」

屋号の染め抜かれたのれんをくぐるや、桃若は歓声を上げた。

天井の高い店内では客の女たちがあちこちで反物《たんもの》を囲み、きゃっきゃっと楽しげに笑いさざめいている。裕福な身なりの女房や武家娘が多いが、そこそこ余裕のありそうな町家の女や、女房への贈り物を見繕《みつくろ》いに来たらしい男たちも交じり、広々とした空間はむっとするほどの人いきれに満たされていた。

確か千歳屋は現金で一括払いをする代わりに、格安の値段で販売する『現金掛け値《ね》なし』の商法で元々繁盛《はんじょう》していたのだ。清次郎の密通騒ぎが起き、弥七郎の寛大さに打たれた客が押し寄せ、ますます賑《にぎ》わっているらしい。

その隙間を縫《ぬ》うように、商品の小物や反物を抱えてちょこちょこと動き回るのは、まだ幼く美しい少女たちである。おそらく千歳屋の奉公人だ。

どの少女も花籠《はなかご》や松竹梅《しょうちくばい》、牡丹《ぼたん》といった華やかな模様の振袖《ふりそで》を纏い、艶《あで》やかな黒髪には銀細工の簪《かんざし》やつまみ細工の薬玉《くすだま》を挿《さ》し、生きた人形のようである。働くにはまるで向かない格好だが、よくよく見れば、客が熱心に眺めている反物は少女たちが纏っているのと同じものだ。実際に仕立てたものを美少女に着せ、購買意欲を煽《あお》っているらしい。

逆に帳場内は全員地味な男の奉公人たちだ。清次郎もかつてはあの中で働いていたのだろう。調べによれば外見は平凡だが能力は高く、真面目に務めをこなしていたという。色事とは無縁で、岡場所《おかばしょ》通いもしない。だからこそお辰との密通が発覚した時は大騒ぎになったわけだが。

「いらっしゃいませ！　何かお探しですか？」

店内を見回していると、少女の一人が駆け寄ってきた。紅《あか》い鹿《か》の子絞《こしぼ》りの振袖がよく似合う、十一、二歳くらいの愛らしい少女だ。顔立ちは幼いのに、どことなく艶《つや》がある。

「ああ、こいつがコレの機嫌を損ねちまってね。ご機嫌が直るような小袖を、ちょいと見立ててちゃもらえねえか」

好文は小指を立て、桃若の背中をどんっと叩いてみせた。男ばかりで呉服屋を覗くのは、女を理由にするのが一番怪しまれない。

「そうでしたか。では、こちらへどうぞ」

少女は愛想《あいそ》良く微笑み、好文たちを店の中へ案内した。桃若が居もしない女の好みを適当に伝えると、近くの棚から反物を選んでくれる。

「…錦さん、錦さん」

少女が背中を向けた隙に、桃若がそっと耳元に唇を寄せてきた。何だ、と眼差しで問い返すと、思いがけないことを告げられる。

「あの子、男ですぜ」

「…何？」

「まだ喉仏は出てないし、化粧と着付けで上手くごまかしてますが、女にしては腰つきが硬いし尻も丸くねえ。おいらのこの目は欺《あざむ》けませんぜ」

正直、好文にはまるでわからない違いなのだが、かつて女形《おんながた》だった桃若が言うのならそうなのだろう。

……少年を少女と偽って接客させているのか？　何のために？

「お待たせしました。こちらはいかがでしょうか」

男だとばれているとも知らず、戻ってきた少女は色とりどりの反物を広げてみせる。楚々《そそ》とした仕草は優雅ですらあり、とても男には見えない。

桃若はにこりと笑った。芝居でつちかった、人の警戒心を溶かす無邪気な笑みだ。

「ありがとうよ、嬢ちゃん。ええと…」

「お千《せん》と申します」

「お千ちゃんか。こちとら洒落心《しゃれごころ》とは無縁でね。お千ちゃんみたいな子が選んでくれた反物なら、あいつも喜んでくれると思うんだが…手伝ってくれるかい？」

「も、もちろんです。それがあたしたちの仕事でもありますし」

好文や茨木の前では尻尾を丸め、きゅんきゅんと鼻を鳴らす犬のような桃若だが、実は今をときめく芝居一座の花形立ち役だ。大首絵《おおくびえ》を売り出せばたちまち売り切れ、流し目一つで満座《まんざ》の心を鷲掴《わしづか》みにするその魅力を遺憾無く発揮し、お千の口をどんどん滑《なめ》らかにしていく。

「へえ、お店《たな》に出てる子たちは皆弥七郎さんに引き取られたのかい」

「…はい、そうなんです。旦那様にはみんな感謝しています」

楽しそうにしゃべっていたお千の顔がわずかに曇《くも》ったのを見逃さず、好文は何も知らぬふうで割り込む。

「そういやあ、弥七郎さんはあの『仏の弥七』だったっけ。あんなことしでかした手代を許してやるなんて、普通の人間にゃあ無理だよな」

「手代と言えば、流人船が襲われたどさくさに紛《まぎ》れて逃げちまった奴だろ？　まだ捕まってねえって話だ。死罪になるとこを助けてもらったってのに、恩も忘れて弥七郎さんを襲うつもりじゃあ…」

「…違います！　清次郎さんは、そんな人じゃ…」

好文の意図を悟《さと》った桃若が訳知り顔で応じると、お千がたまりかねたように叫んだ。だが周囲の注目を集めていることに気付くや、慌てて顔を背《そむ》けてしまう。

……お千は、清次郎のことを知っている？

同じ店の奉公人なのだから当たり前ではあるが、庇《かば》う口振りが気になった。弥七郎に拾われた身なら、弥七郎を裏切った挙句に逃げた清次郎の存在は憎らしいはずなのに。

……これは、何かあるな。

好文が視線を巡らせると、桃若と茨木が頷きを返した。二人も同じ疑問を抱いたのだ。

「なあ、お千ちゃん…」

何か清次郎につながる情報を引き出せるかもしれない。好文は期待を込めて呼びかけるが、お千は振り返らなかった。大きく見開かれた目は店の入り口へ注がれている。

見れば、高価な紬《つむぎ》の小袖に揃いの羽織《はおり》を羽織った禿頭《とくとう》の老人がのれんをくぐるところだった。金のかかった身なりからして、内証《ないしょう》の豊かな商家の隠居だろう。

「おお、お千！」

縮《ちぢ》こまるお千を見付けるや、隠居は脂《あぶら》ぎった顔をぱっと輝かせた。歳に似合わぬ軽快な動きでこちらに駆け寄ると、お千が青ざめているのにも構わず、白く小さな手を握る。

「今日も来てやったぞ。さあ、品を見せておくれ」

「…あ、あの、ご隠居様。お気持ちは嬉しいのですが、今はこちらのお客様のお相手を…」

頬を引きつらせたお千に言われ、隠居はようやく好文たちを視界に入れたようだ。じろじろと無遠慮に見回し、ふんっと鼻を鳴らす。

「ろくに金も無い貧乏人なんぞ放っておけば良いわ。儂《わし》はお前のお勧めなら、いくらでも買ってやろうからの」

「そんな…、…は、離して下さい…」

お千は皺《しわ》と染みだらけの手をどうにか振り解《ほど》こうとするが、隠居はますますそそられたように指を絡める。泣きそうな顔のお千を、帳場の中の奉公人たちは見て見ぬふりだ。振袖を纏った少女たちだけが同情と悲しみの混じった眼差しを送っている。

「おい、爺さん――」

「う、うわあぁっ！」

見兼ねた好文が助けに入ろうとする前に、間抜けな悲鳴が響き渡った。余所見《よそみ》をしながら入ってきた客が敷居につまずき、すさまじい勢いで倒れ込む。

地面に叩き付けられる寸前、捕まるものを求めて必死に伸ばされた手が掴んだのは、近くに居た隠居の帯だった。

「な、何をっ……⁉」

不意討ちで引っ張られた隠居は踏ん張ることも出来ず、客と一緒に転がってしまう。お千も危うく引きずられるところだったが、好文がとっさに隠居の手を解いたおかげで巻き添えにならずに済んだ。

「お客様、大事ございませぬか⁉」

見て見ぬふりだった男の奉公人たちも、さすがに帳場から飛び出してきた。

だが振袖姿の少女たち、そして客は皆笑い出しそうになるのを堪《こら》えている。何故なら盛大に尻餅《しりもち》をついた隠居は引っ張られた帯が解け、突き出た腹と股間が…年甲斐《としがい》も無く派手な緋縮緬《ひぢりめん》の下帯《したおび》までもが丸見えになってしまっているからだ。

「…こっ、この無礼者がぁっ！」

周囲の反応で己の醜態《しゅうたい》にようやく気付いた隠居は、はだけた小袖を掻《か》き合わせながら、転んだ客を指差した。禿頭は羞恥《しゅうち》で真っ赤に染まり、今にも湯気が舞い立ちそうだ。

「そいつを町奉行所へ突き出せ！　儂は御奉行様とも懇意《こんい》ゆえ、きっときついお仕置きをして下さるわ！」

うわあ、と嫌そうに眉を顰めた桃若がこそこそと尋ねてくる。

「…錦さん、あの爺さんと仲良しなんですかい？」

「んなわけねえだろ」

あんな横暴助平爺《おうぼうすけべじじい》とお友達になった覚えは無い。はったりか、もしくは南町奉行のことだろう。前北町奉行の石野安房守と違って切れ者で、『剃刀奉行《かみそり》』と謳《うた》われる冷静かつ果断な男が、横暴助平爺を懐《ふところ》に入れるとは思えないが。

転んだ客はうずくまったまま動けずにいる。打ちどころが悪かったのか、あるいは…。

……仕方無い、な。

「爺さん、大丈夫かい？　そんなに喚《わめ》くと身体に悪いぜ」

好文はすっと隠居の傍《かたわ》らにしゃがみこんだ。隠居が苛立ち紛《まぎ》れに喚き散らす前に、奉公人たちの死角を見極めて移動し、隠居のみぞおちに拳を叩き込む。

「うぐっ…」

「おっと、こりゃいけねえ」

好文は卒倒《そっとう》する隠居を抱きとめ、右往左往する奉公人たちに呼びかけた。

「興奮しすぎてのぼせちまったみてえだ。お医者んとこに運んでやってくれねえか」

「…は、はいっ！」

さっそく奉公人の一人が駕籠《かご》を呼びに走る。誰も好文の仕業《しわざ》に気付いた様子は無い。

よし、とほくそ笑もうとして、好文はばっと振り返った。誰かの鋭い視線を感じたような気がしたのだ。だが敷居のあたりには隠居にぶつかった客がうずくまっているだけで、他にそれらしき人影は無い。

「錦次、どうしました？」

「…いや、何でもない」

茨木が何も感じなかったのなら、気のせいだったのだろう。好文は隠居を桃若に任せ、うずくまる客の肩を叩いた。ずいぶんと小柄な男だ。

「おいあんた、大丈夫かい？」

「…あ…、あ、これはどうもご親切に…」

のろのろと起き上がったのは、四十絡《がら》みの柔和な顔立ちの男だった。下がりぎみの眉や目尻に、草を食《は》む動物にも似た穏やかさと気弱さを漂わせている。

「私は冬雲《とううん》と申します。しがない船宿の主なのですが、ちょいと評判のお店を覗いてみようと思ったらとんだことに…。やはり、らしくもないことはするものじゃありませんねえ」

笑みを含んだ声は柔らかく、乱れた鬢《びん》を掻き掻きする仕草はどこか愛玩《あいがん》動物めいている。

非難がましい顔付きをしていた奉公人たちや、桃若や好文までもが毒気を抜かれてしまったのに、ただ一人――茨木だけは冬雲を睨み付けていた。

……実醇《さねあつ》？

茨木が好文に近付く者を警戒するのはいつものことだが、今日は何かが違う。まるで手負いの獣が、傷を負わせた者を威嚇《いかく》するかのような…。

「お客様がた。お怪我はございませんか？」

そこへ、帳場の奥から唐桟羽織《とうざんばおり》を纏った恰幅《かっぷく》のいい男が現れた。弥七郎さんだ、と近くの客が感激したように呟く。この男が千歳屋の主人、弥七郎…『仏の弥七』か。なるほど、こちらも温和で優しそうな顔をしているが、冬雲と違って思わず縋りたくなる頼もしさがある。

卒倒した隠居と冬雲を痛ましそうに見ると、弥七郎は後ろに従ってきた年かさの奉公人に命じた。

「番頭さん、駕籠を呼んでお客様がたをお医者へお連れしなさい」

「旦那様、駕籠ならもうすぐ参ります。そちらのお客様が指示して下さいましたので」

ちょうど駕籠を呼びに行っていた奉公人が戻り、好文を見ながら報告する。

おお、と弥七郎は声を上げ、深々と頭を下げた。

「ご親切に感謝いたします。手前はこの千歳屋の主、弥七郎と申します」

「俺は錦次、見ての通りのけちな遊び人さ。たいしたことはしてねえんだ、そんなにかしこまらないでくれ」

……清次郎が逃げたことは知ってるはずだが、焦《あせ》った様子は無いな。後ろでかしこまってるのが、清次郎とお辰の密通を目撃したという番頭か。

好文が弥七郎たちをひそかに観察する間に駕籠が到着し、隠居を乗せる。お千が安堵の息を吐いたのを、好文は見逃さなかった。

やはりお千はあの隠居を怖がっている。金払いのいい常連客のようだし、しょっちゅういやらしい真似をされ、誰にも助けてもらえないのでは当然かもしれないが…何だろう。それだけではない何かを感じる。

弥七郎が冬雲に愛想のいい笑みを向けた。

「そちらのお客様も、よろしければお医者に診《み》て頂きませんか？　もちろん、駕籠代も薬礼《やくれい》も手前が払わせて頂きますので」

「いやいや、膝を擦《す》り剝《む》いただけなので大丈夫ですよ。そのお嬢さんに薬でも塗ってもらえたら、自分で歩いて帰れます」

へらへらと首を振り、冬雲はお千を指差す。突然の指名にお千はきょとんとするが、好文は疑惑を強める。

……やはり、わざとか？

冬雲が転んだ時、好文の目にはわざと隠居にぶつかったように見えたのだ。何故そんな真似をしたのかまではわからなかったのだが、お千と接触するためだとすれば。

「そういうことでしたら、お千。こちらのお客様の手当てをして差し上げなさい」

「…はい、旦那様」

お千は首を傾げながらも薬箱を取って来ると、店の隅で冬雲の手当てを始める。多忙な弥七郎が番頭と共に帳場の奥へ引っ込んだのを横目で窺い、冬雲は擦《す》り傷を示すふりでお千の耳に唇を寄せた。

「っ…、…？」

何事か囁かれたとたん、お千はこぼれんばかりに目を見開いた。しっ、と冬雲は周囲を窺いながら唇の前に人差し指を立ててみせ、再び何かを囁き始める。好文は懸命に耳を澄ませるが、小さすぎてほとんど聞き取れない。

「桃若、頼めるか？」

「合点《がってん》承知！」

桃若は広げた反物を当ててみながら、さりげなく冬雲とお千を窺った。生業《なりわい》柄、唇を読むのは桃若の得意技だ。

だが冬雲はほどなくしてお千から離れ、手当ての礼を告げて去っていってしまう。離れ際、お千の袂《たもと》に小さな結び文を落として。あれではほとんど読み取れなかったはずだが…。

「……『せいじろう』」

反物を戻した桃若は、いつになく緊張した面持《おもも》ちで告げた。

「あの男、確かに『せいじろう』って……」

せいじろう――清次郎。

さんざん瓦版がばら撒かれたから、冬雲が逃げた千歳屋の手代の名前を知っていてもおかしくはない。だがお千の存在はさすがに知らなかったはずだ。なのにわざわざ縁遠い呉服屋に訪れてまで、清次郎の名を囁いたというのなら。

……冬雲は、清次郎と何らかのつながりがある。

同じ結論に達したらしい桃若と茨木が、じっと好文を見詰めてくる。好文は頷き、二人と共に千歳屋を出た。

清次郎につながるかもしれない唯一の手掛かりを、追いかけるために。

茨木《いばらぎ》の人間離れした眼力《がんりき》のおかげで冬雲《とううん》はすぐに見付かった。好文《よしふみ》たちは三手に分かれ、木瓜柄《もっこうがら》の小袖《こそで》を纏《まと》った小柄な背中を追いかける。

尾行は難しくなかった。膝を擦《す》り剝《む》いたのは本当らしく、冬雲の歩みはゆっくりだったからだ。時折立ち止まってはきょろきょろとあたりを見回すのが厄介《やっかい》だが、動作が大きいのでじゅうぶんにやり過ごせる。

……何かを警戒しているのか？

挙動不審な冬雲よりも、気になるのは茨木だった。道の端から冬雲を追う茨木の横顔は、遠目にも緊張を帯びている。冬雲の身のこなしは武道をたしなんでいるようには見えないし、あの小さな身体で暴れ回られても、茨木なら簡単に制圧出来るだろうに。

疑問を抱きつつも追い続けるうちに、永泰橋《えいたいばし》に差しかかった。冬雲は七日前の騒動が嘘のように賑《にぎ》やかな橋を渡り、しばらく川沿いに進んだ後、突然小走りになって船宿らしき小さな二階建ての店に入っていく。船宿の主というのは本当だったようだ。

「どうしやす、錦《きん》さん？」

合流した桃若《ももわか》の問いに、好文は少し考えてから答えた。

「…入ってみよう」

船宿は貸し船を世話したり、船遊びや釣り客を宿泊させる宿のことだが、川から運ばれてきた新鮮な魚を食べさせるところも多い。

しばらく待ってから三人で宿に入ると、予想通り一階は小料理屋になっていた。給仕の小《こ》女《おんな》に心付けを渡し、奥の座敷に案内してもらう。ここなら他の客は近寄らないし、多少動き回っても怪しまれずに済む。

「冬雲は…一階には居ねえみたいですね」

小女にお勧めを聞きに行くふりで一階を見回ってきた桃若が、苦い顔で畳《たたみ》に腰を下ろした。

「だったら二階だろうな。少ししたら上がってみるか」

「…好、……錦次《きんじ》」

くいと茨木に袖《そで》を引っ張られ、好文は目をしばたたいた。茨木が人前でこんな真似をすることは、めったに無い。

「実醇《さねあつ》…どうした。お前、さっきから様子がおかしいぞ」

「……、いえ、何でもありません」

茨木は何かを言いかけた口を閉ざし、袖も放した。怖いもの知らずの桃若が座卓に行儀悪く肘《ひじ》をつき、青ざめた茨木の顔を覗き込む。

「何でもないって面《つら》じゃねえですよ、旦那。だから錦さんも心配してるんじゃねえですか」

「……」

「旦那、旦那ってば……、……え？」

ぱらり。

しつこく言い募《つの》っていた桃若の手元に、数本の毛髪が落ちかかった。好文は茨木が脇差《わきざし》を抜き、電光石火の早業《はやわざ》で桃若の鬢《びん》に刃先をかすめさせた瞬間をかろうじて見届けられたが、桃若は何が起きたのかもわからなかっただろう。

「犬のくせに差し出口を挟むな」

「へ、…え、……ええ?」

恐る恐る己の鬢に触れ、ようやく何をされたのか悟った桃若が間抜けな声を上げた。茨木はいつでも桃若に辛辣《しんらつ》だが、明らかにやりすぎだ。万が一狙いが少しでも逸《そ》れれば、役者の命である顔に傷が付いたかもしれないのに。

「実醇…」

「真上で人の動く気配がしました。おそらく冬雲です。…行きましょう」

好文の返事を待たず、茨木はさっさと座敷を出て行ってしまう。好文はまだ呆然としている桃若を叩いて我に返らせ、二階へ続く階段を上った。色あせた襖《ふすま》がいくつも並ぶ廊下の奥で、茨木が一枚だけ松の絵が描かれた襖を指差している。

「…、…って下さい。落ち着いて…」

好文と桃若が襖の近くで耳を澄ませると、焦《あせ》りの滲《にじ》んだ声が聞こえてきた。…冬雲だ。

「一目だけでもいいんだ。遠くからでも、あいつの無事を確かめたい…っ…!」

次に若い声が聞こえたかと思えば、荒い足音が近付いてきて、勢いよく襖が開かれた。

外に誰かが居るとは考えもしなかったのだろう。現れた若い男は襖に手をかけたまま硬直した。驚愕に染まった顔には覚えがある。奉行所《ぶぎょうしょ》の似顔絵や、瓦版《かわらばん》で何度も見た。

この顔は…この男は…。

「てめえ、千歳屋《ちとせや》の清次郎《せいじろう》だな⁉」

「あっ、こら桃若……！」

好文が止める間も無く、桃若が拳《こぶし》を振り上げながら飛びかかった。ひゅっと息を呑んだ清次郎はかろうじて桃若の突進をかわし、好文と茨木を見比べると、松の絵の襖の奥へ逃げ込む。袋のねずみ…のはずだったが。

「こっちです、清次郎さん！」

冬雲が窓を開けながら叫んだ。

窓の外は川だ。張り出した一階の屋根を伝って下り、川岸につながれた小舟にでも乗り込まれたら、追いきれなくなってしまう。

「うひゃあっ⁉」

窓枠を乗り越えようとしていた清次郎が、背中からべしゃりと倒れ込んだ。茨木の投げた刀《とう》子《す》が清次郎の小袖の裾《すそ》を畳に縫《ぬ》い付けたせいで、思い切り引っ張られたのだ。好文はすかさず走り、清次郎を羽交《はが》い絞《じ》めにする。

「は、放せ、放してくれ！　俺はまだ捕まるわけにはいかないんだ。あの野郎の悪事を、町奉行所に訴えるまでは…」

「…あの野郎？　誰のことだ？」

「あいつだ…、…千歳屋の主人、弥七郎《やしちろう》だよ……っ！」

思わず緩みかけた腕を、好文は慌てて締め直した。桃若も茨木も、不審そうに清次郎を見詰めている。

「…あんた、弥七郎に拾われたんだろう？　死罪が島流しになったのも、『仏の弥七』が嘆願《たんがん》してくれたおかげじゃねえのか？」

「違う！　あいつは仏なんかじゃない。あいつは、…あの男は、仏の顔をした悪鬼《あっき》だ！」

清次郎はぶんぶんとかぶりを振りながら喚《わめ》き散らす。

「…いってえ…、どういうことなんで？」

桃若があぜんと呟くが、聞きたいのは好文の方だ。弥七郎に拾われて育ち、命まで助けられたというのに、清次郎からは紛《まぎ》れも無い憎悪を感じる。

「――お願いします。どうか清次郎さんを見逃してあげて下さい！」

冬雲が身を投げ出すようにして土下座した。茨木がわずかに肩を震わせるのを視界の隅に捉え、好文は問いただす。

「…おい、冬雲さん。本気かい？　こいつがお尋ね者なのは、あんただって知らないわけじゃないだろう。庇《かば》えばあんたまできついお咎《とが》めを受けることになるぞ」

「承知しております。ですが、この方が嘘を吐《つ》いているとは、どうしても思えないのです」

「冬雲さん……」

涙ぐむ清次郎を、好文は少し考えてから解放した。目配せを受けた茨木が襖、桃若が窓の前に立ちふさがる。

「…落ち着け、二人とも。俺はこんななりだが、北町の旦那からこいつを預かっていてな。この二人は俺の手下だ」

もったいぶった手付きで懐《ふところ》から十手《じって》を取り出し、かざしてみせる。必要になったら使おうと思って持ち歩いていた小道具だが、もの自体は本物だ。

「何と…、目明かしの親分さんでいらっしゃいましたか…」

冬雲は目を瞠《みは》り、清次郎の顔色はますます悪くなった。目明かしとは町奉行所の同心に雇われ、事件の捜査や罪人の捕縛《ほばく》に当たる者のことである。十手はその証《あかし》だ。逃亡中の清次郎は絶対に遭遇したくない相手だろう。

「清次郎。俺に十手を預けた旦那は、あんたが島流しを拒《こば》んだり、弥七郎や番頭を逆恨みして逃げたとは思っていねえ。だからあんたを探し出すよう、俺に命じられたんだ」

「……、それは、……本当に？」

戸惑う清次郎の双眸《そうぼう》には色濃い猜疑心《さいぎしん》が渦巻《うずま》いている。無実を訴えたにもかかわらず、遠島《えんとう》にされたのだ。奉行所の人間を信用出来ないのは当然だろう。

「信じていいと思いますよ、清次郎さん」

「冬雲さん…、でも…」

「実は親分さんとは先ほど、千歳屋でお会いしました。きっと貴方《あなた》の手掛かりを求めていらっしゃったのでしょうが、その時は何も知らなかったのに、私を助けて下さいましたから」

良心の塊《かたまり》のような笑みは、清次郎の心を解いたようだ。

「……わかった。冬雲さんがそこまで言うなら、俺も親分さんを信じてみるよ」

「その意気ですよ。…では、親分さん。清次郎さんの話を聞いてやって下さいますか？」

「ああ、もちろんだ」

清次郎が自分からしゃべってくれるというのなら、願ってもない話である。刺さったままの刀子を引き抜き、好文と向かい合って座ると、清次郎は膝の上に乗せた拳をぐっと握り締めた。

「弥七郎は俺みたいな孤児や、貧乏な家から子どもを引き取っていますが、それは慈悲の心からなんかじゃありません。…見目のいい子どもを囲って育て、高額の金子《きんす》と引き換えに、客の慰《なぐさ》み者にするためです」

「な……っ⁉」

声を上げた桃若は、ぎろりと茨木に睨まれ、慌てて口を閉ざした。あまり騒いでは、下から誰かが様子を見に来るかもしれない。

「…そんなことをするくらいなら、呉服屋じゃなく遊郭《ゆうかく》か陰間《かげま》茶屋でもやればいいんじゃないのか？」

「弥七郎の客は皆ゆがんだ趣味の主《ぬし》なのです。まともな遊郭や陰間茶屋では絶対に商品にされない、まだ月のものや精通も迎えていないような幼い子どもでなければ興奮出来ないのですよ」

公儀《こうぎ》は遊女や陰間の年齢を特に制限してはいないが、年端《としは》のいかない子どもに春を売らせれば、さすがに虐待として咎《とが》めを受けてしまう。遊郭や陰間茶屋に売られてきた子どもたちは、身体が成熟するまでは下働きを務めるのが普通だ。

しかし、成熟した遊女たちでは幼児趣味の男たちの欲望は満たされない。幕府の威光の届かない闇の遊郭に通うという手も無いわけではないが、万が一そんなところへの出入りが露見《ろけん》すれば地位も名誉も失ってしまう。

弥七郎はそういう男たちのやり場の無い欲望に目を付けたのだと、清次郎は汚らわしそうに吐き捨てた。

「引き取られた子どものうち、特に見目のいい子たちは着飾らされ、昼間の店に出されるんです。客の男たちは反物《たんもの》を見るふりをしてやって来て、子どもたちを品定めする。そうして気に入った子が居れば、店の奥で抱いていく…」

花代は購入した反物の代金に上乗せして支払う仕組みなのだと聞き、好文は不謹慎ながらも感心してしまった。

……上手いことを考えるものだ。

反物の代金なら家族にも堂々と告げられる。千歳屋は後ろ暗い店ではなく『仏の弥七』の営む呉服屋だから、足しげく通っても変態趣味を悟《さと》られる怖れは無い。

「…だがその話が事実だったとして、あんたはどうして店の秘密を知っちまったんだ？　こう言っちゃあなんだが、あんたはその…」

「醜男《ぶおとこ》ってわけじゃあないけど二枚目でもない。客のお相手には選ばれそうもねえ、いたって平凡なご面相《めんそう》ですよねえ」

「おい桃若、お前って奴は…」

好文が言いよどんだことを、桃若はずけずけと口にする。

まなじりを吊り上げる好文に、清次郎は怒るでもなく苦笑した。

「いいんですよ、そちらの兄さんの言う通りですから。…私は十歳の頃、養い親のところから弥七郎に引き取られたんです。ご公儀からの報奨金目当てに養子をもらってはいたぶるような養い親だったから、あの時は嬉しくてね。旦那様の恩に報《むく》いようと、必死に商《あきな》いを学びました」

その甲斐《かい》あって、清次郎は若くして手代になれた。二年ほど前からは店の重要な仕事を少しずつ任されるようになっており、ますますやりがいを感じていたのだ。当時の清次郎の目には、千歳屋は才覚と慈悲を持ち合わせた主人のもと、成長を続ける優良な大店《おおだな》にしか映っていなかった。

暗雲が漂い始めたのは、二年前。郷里で弟のように可愛がっていた千助《せんすけ》が、偶然にも弥七郎に引き取られてからだ。

当初はただ嬉しかった。千助はとても利発で、清次郎が読み書きや商いのいろはを教えてやると瞬《また》く間に覚えたのだ。あと数年もすれば、千助と共に大恩《たいおん》ある千歳屋を盛り立てていける。

そう信じていた。

「ですが弥七郎が千助を引き取ったのは、あの子の容姿を見込んでのことでした。最低限の知識を身に付けさせた後、弥七郎は千助に女の格好をさせ、お千《せん》と名乗らせて店に出したのです」

「お千…！」

好文ははっとして、桃若と目を見合わせた。桃若の目は正しかったのだ。女装させられたお千、いや千助があれほど怯《おび》えていたということは…。

「親分さん、お千を…千助をご存知でしたか？」

「…ああ。さっき千歳屋に行った時に会った。脂《あぶら》ぎった禿《は》げ頭の爺《じじい》にしつこく絡まれて、すっかり怯《おび》えきっていたよ。…あの爺は裏の方の客なんだな？」

「はい。…たぶん、大黒屋《だいこくや》のご隠居様だと思います。あのお方は小さな男の子に女の子の格好をさせ、もてあそぶのがお好きな方なので、千助はお気に入りでした」

その事実を清次郎が知ったのは、千助が引き取られてから一年ほどが経《た》った頃だったという。幼い身体を好き勝手になぶられることに耐え切れなくなった千助が、己の身に起きた全ての事実を打ち明けたのだ。

最初は信じられなかったが、千助に乞われるがままひそかに店奥に忍び込み、隠居にいたぶられる千助を目撃してしまっては認めざるを得なかった。仏と称《たた》えられ、恩人と慕《した》ってきた弥七郎は、幼子を食い物にする外道《げどう》だったのだと。

千助はさらに明かした。月に一度、千歳屋の寮では『雨夜会《あまよかい》』と呼ばれる宴《うたげ》が催《もよお》されているのだと。そこには特に羽振りのいい客が集められ、千助たち少年少女を品定めし、専属の権利を競《せ》り合うのだ。

「…競り落とされた子どもたちはその場で凌辱《りょうじょく》され、弥七郎が招いた懇意《こんい》の客たちがそれを眺めて楽しむそうです。千助は競り落とされこそしなかったものの、他の子たちが辱《はずか》められるところを何度も見せられたと…」

「惨《むご》いことを…」

黙って聞いていた冬雲がぽつりと呟いた。茨木と桃若も痛ましそうに唇を引き結んでいるし、好文も怒りを覚えずにはいられない。

「雨夜会、か。下衆《げす》どもが光源氏《ひかるげんじ》にでもなったつもりなのかね」

源氏物語の一幕に、五月雨《さみだれ》のそぼ降る夜、光源氏や友人の頭中将《とうのちゅうじょう》たちが様々な女性について品評する場面がある。通称『雨夜の品定め《しなさだ》』だ。雨夜会の名称はそこから取ったのだろう。光源氏が聞いたら激怒するに違いない。

「一人でも逃げたり、誰かに密告しようものなら、全員をなぶり殺すと弥七郎は子どもたちを脅《おど》していたそうです。だから千助はじっと耐えていたんですが、遠くないうちに自分が大黒屋のご隠居様に競り落とされるらしいと知り、私に泣き付いてきたのです」

「専属ってのは、そんなに恐ろしいものなのかい？」

桃若が問うと、清次郎は淡々と説明してくれた。

表向きは病気療養として寮に閉じ込められ、専属となった客の好きな時に好きなだけ犯される地獄のような日々を送ることになるのだと。店で抱かれるのもつらいのに変わりは無いが、外の世界との接点がある分、まだましなのかもしれない。

「専属だけは嫌だと、千助は泣いていました。私も千助をそんな目に遭《あ》わせたくなかったし、他の子たちだって助けてやりたかった。…だから私は決意したのです。弥七郎の悪事を御奉行様に訴えようと」

そのためには確たる証拠が必要だった。清次郎は千助から覚えている限りの客の名や特徴を聞き出し、裏の客の名簿を作成した。

花代《はなだい》の上乗せされた裏帳簿という重要な証拠が手に入ったのは、弥七郎の妻のお辰《たつ》が協力してくれたからだ。お辰は夫の非道《ひどう》に心を痛めており、ことが公《おおやけ》になれば自分も連座《れんざ》させられるのを承知の上で、弥七郎がお裁《さば》きを受けることを望んでいたのだという。

「なのにあんたはお辰との密通を目撃され、島流しにされちまった。…なるほど、見えてきたぜ。つまりあれは、あんたの動きを察知した弥七郎と番頭が仕組んだ狂言だったたってわけだな」

「…ええ。親分さんの言う通りです」

弥七郎と番頭がぐるなら、密通をでっち上げるのは簡単だ。眠り薬か何かで昏倒《こんとう》させ、半裸にしておいたお辰のもとに清次郎を向かわせて、助け起こしたところを見計らって踏み込めばいい。あとは密通だと騒ぎ立てるだけだ。清次郎とお辰が人目を忍ぶ様子で話していたというのは、弥七郎の件について相談していたのだろう。

だが二人の動きを、海千山千《うみせんやません》の商人が見逃すわけがなかった。弥七郎は邪魔者をまとめて片付けることに成功し、清次郎の助命嘆願《じょめいたんがん》をすることで名声さえも高めてみせた。

口封じさえ出来れば、死罪でも遠島でも構わないのだ。お辰は自殺に見せかけて殺されたのだろう。捕らわれた清次郎は取り調べの折、弥七郎の非道を訴えたが、罪を逃れたい一心の言い逃れだと決め付けられてしまったそうだ。

「流人船が襲われた騒ぎに乗じて逃げ出したはいいものの、追っ手はしつこく追いかけてくるし、お尋ね者がいつまでも逃げ回れるわけもありません。途方に暮れたところを、冬雲さんが助けてくれたんです」

「宿のすぐ近くで、今にも死にそうな顔をなさっていましたのでね。とても放ってはおけなかったのですよ」

冬雲は照れ臭そうに頬を掻いた。この宿から永泰橋まではそう離れてはいない。清次郎が早々にここへ逃げ込んでいたのなら、町奉行所がいくら捜索しても見付からないのは当然だ。

「私は冬雲さんに全てを打ち明けました。どうせすぐにまた捕まり、今度こそ獄門台《ごくもんだい》に送られるとやぶれかぶれになっていましたのでね。…ですが冬雲さんは私の話を信じ、この宿にかくまってくれたばかりか、今日は千助に宛てた手紙まで届けに行ってくれたのですよ」

「…おいおいおい…。お人好しにもほどがあるぜ……」

桃若が呆れ返るのも当然だった。清次郎の話が真実である保証は無いのだ。好文とて全面的に信じたわけではない。もし清次郎が嘘を吐《つ》いていた場合、咎人《とがにん》を庇《かば》った冬雲は良くて遠島、悪ければ死罪である。

「いやあ、でも私、相手が嘘を吐いているかどうかは目を見れば何となくわかるんですよねぇ」

冬雲は笑うが、好文が本物の目明かしではないと見抜けていない時点でその眼力は当てにならるまい。

「……錦さん。どうしやすか？」

「そうだな……」

桃若の問いにしばし考えていると、茨木が思いがけないことを言い出した。

「錦…、親分はいったん町奉行所に戻り、同心《どうしん》の旦那のご指示を仰《あお》ぎ、清次郎の話の裏付けを取って下さい。その間、私がここに残って二人を監視しておりますので。…構わないな？」

最後の質問は清次郎に向けられたものだ。清次郎が困ったように冬雲を見ると、冬雲は人の良い笑みを浮かべ、胸を叩いた。

「それで清次郎さんの濡れ衣《ぎぬ》が晴れるのなら、喜んで」

「…いや、だが…」

好文は困惑した。確かに清次郎の話はきちんと裏付けを取る必要があるが、そのために茨木が離れるなど事前の打ち合わせには無かった。いついかなる時も茨木は好文の傍《そば》に在《あ》り、好文が離れることはあっても、茨木から離れたことは無かったのに。

……実醇、お前、何を考えている？　何が目的なんだ？

茨木が突然予定にも無いことを言い出した原因は、きっと冬雲だ。様子がおかしくなったのはお澄《すみ》たちを殺した犯人が残していった根付《ねつけ》を見た時からだが、冬雲と遭遇してからの茨木は、おかしいというよりは何かに怯えているように見える。

だが目明かしとその手下という設定になっている以上、ここで問い詰めるわけにもいかない。苦悩する好文と茨木をおろおろと見比べていた桃若が、勢いよく手を挙げる。

「はいっ、錦さ、……親分！　おいらも残ります！」

「何……？」

茨木がぎろりと桃若を睨み付けた。好文でさえ震え上がってしまいそうなほどの殺気がまき散らされるが、桃若は顔面蒼白になりつつも懸命に言い募《つの》る。

「だだだだって、なな、何かあった時のために、れ、連絡役が必要なはずだ。お、おいらが残ってれば、すぐ、親分に報《しら》せに走れる」

桃若はきっと好文のために、残って茨木を見張ろうというのだろう。桃若が一緒に居れば、茨木もあまり無理は出来ない。

……実醇のことが怖くて仕方ないくせに、こいつは……。

一途《いちず》な心に感謝しながら、好文は頷いた。

「いい心がけだ。…冬雲、そういうことなんだが構わねえか？」

「ええ、もちろん。空き部屋はいくつもございますから、問題ありませんよ」

船宿の部屋がいくつも空いているというのは大問題だと思うのだが、人の良い笑みを向けられると突っ込む気力も失せてしまう。はあ、と息を吐き、好文は茨木の手を取った。

「実醇。……絶対、俺のところに戻って来るんだぞ」

無理はするなと言うつもりだったのに、好文を映す時だけ優しく細められる双眸を見るとそんな言葉がこぼれた。

一瞬の沈黙の後、茨木はきゅっと手を握り返してくる。

「…必ず戻ります。私の居場所は貴方《あなた》の傍だけですから」


一人で冬雲の船宿を出た好文は、町奉行所に戻りがてらもう一度千歳屋に寄ってみることにした。千助からも話を聞き、清次郎の言い分と照らし合わせようと思ったのだ。

……実醇は今頃、何をしているのだろう？

事件の情報を整理しなければならないのに、茨木のことばかり考えてしまう。ぼうっとしたまま永泰橋を渡ろうとしたら、小さな段差に気付かず蹴《け》つまずいた。

「あっ……」

つんのめった身体を、背後から伸びてきた腕が支えてくれる。礼を言おうとして、好文は腹に回された腕を振り解《ほど》いた。嫌になるほど馴染んだ匂いを嗅《か》いだからだ。

「助けてやったのに、礼の一言も無しか？」

案の定、面白がるような笑みを浮かべているのは明星《あかぼし》だった。鬱金《うこん》色の地に、衿《えり》から褄《つま》の先にかけて黒や青の蝙蝠《こうもり》を染めた小袖が悔しいくらい様になっている。橋を通り過ぎる若い娘たちが、きゃあきゃあと騒ぎながら何度も振り返るのも納得だ。

「…どうせまた、どこかから見ていたんだろう」

さもなくばこんな間合いで助けられるわけがない。俺の桜の花を丹精《たんせい》するのは当たり前だ、などとうそぶいて、この男はいつだって好文を監視しているのだから。

睨み付ける好文の顎《あご》を、長い指がつっと撫で上げた。

「俺の花はいつに無くご機嫌斜めだな。母親と離れ離れになったのがそんなに寂しいのか？」

「っ…、お前、どこまで知って…」

「流人船《るにんせん》の一件については、たいていのことを」

明星がそう言うからには、町奉行所の者でなければ知らないような捜査状況まで把握しているのだろう。たぶん奉行所内部に明星の協力者が居るのだ。さすがに船宿の中での会話までは聞かれていないはずだが。

「…清次郎のことは？」

「瓦版の似顔絵によく似た男がさっきの宿にひそんでいることは知っている。今夜あたり、御奉行様にご注進《ちゅうしん》しようかと思っていたところだ。俺は善良な町人だからな」

「しゃあしゃあと…」

恵渡の闇を統《す》べる明星には、恵渡じゅうに目となり手足となる配下が居る。町奉行所の同心よりもはるかに多い。清次郎が冬雲に助けられ、船宿にかくまわれていることも、とうに知っていたのだろう。この分では、きっと…。

「ああ、もちろん弥七郎が仏ではないことも知っているぞ」

問いただす前にあっさり白状され、好文は口をへの字にした。

「…そんなことを自分から吐いていいのか？」

「裏では有名だからな。もっとも、餓鬼《がき》に手を出すのは裏でも忌《い》み嫌われるから、鼻つまみ者という意味でだが」

明星はふっと笑い、好文の腰を抱き寄せた。ほとんど力は入っていないようなのに、絶妙に体幹を崩してくるせいで振り解けない。

「おい…、放せ」

「そんなに冷たくしていいのか？　俺はお前を手助けしてやろうと思っているのに」

「手助けだと？」

「お前のことだから、再び千歳屋に行って清次郎の話の裏を取ろうとしているのだろう？　だが同じ客が今度は一人で現れ、こそこそと聞き回っていたら絶対に怪しまれるぞ」

言われてみればその通りだ。隠居の一件で、好文は弥七郎に顔を覚えられてしまっている。

「…だからお前が助けてくれると？」

「そうだ。…まあ、助けるというよりは楽しむと言った方が正しいかもしれないが」

明星の意味深な言葉の意味は、千歳屋に到着してすぐに判明した。出迎えてくれた奉公人に、明星は艶然《えんぜん》と微笑んで告げたのだ。

「俺の可愛い子が、評判の千歳屋さんで小袖を誂《あつら》えたいとねだるものでね。この子に映《は》えそうなものを見せてもらえないか」

着道楽《きどうらく》の明星はいつも洒落《しゃれ》た小袖を纏《まと》っているが、今日の蝙蝠柄は一目で高価と知れる綾織《あやおり》地に友禅染《ゆうぜんぞめ》。明星を羽振りのいい上客と判断した奉公人はさっそく店の奥へ案内し、高級そうな反物をどんどん並べてくれた。ここに来る前に髪結い床《どこ》で髷《まげ》を結い変え、小袖も替えて軽く化粧までした甲斐《かい》あって、好文がさっきも来店した客だとは気付かれていないようだ。

「これもいいな。…ああ、次はそっちも頼む」

色とりどりの反物を運ばせては好文の肩に着せかけてうっとり見入る美丈夫に、店内の注目は集中している。着せ替え人形と化した好文を気にかける者は居ない。これなら確かに、怪しまれずに済むのかもしれないが…。

……こいつ、本当に楽しんでいるな。

横目で睨んでやっても、明星は可愛くてたまらないとばかりに笑うだけだ。すでに購入を決めた反物が傍《かたわ》らに積み上げられている。勢いづいた奉公人たちは、ここぞとばかりに西陣《にしじん》の帯やべっ甲《こう》の櫛《くし》まで並べ始めた。全て購《あがな》ったらいくらになるのか、想像もつかない。

「…、あれは…」

うんざりしていると、店の奥から千助が出て来るのが見えた。弥七郎の姿も無いから、どうやら弥七郎に呼ばれていたらしい。千助の顔色は遠目にも悪かった。…嫌な予感がする。

「うん、どうした?」

くいと袖を引くと、明星は左目を甘く蕩《とろ》かせた。前髪に隠れている右目も、きっと同じくらい蕩けているだろう。

「ああ、あれも欲しいのか。…見せてもらえるな?」

好文の意図を察した明星が千助を顎《あご》でしゃくってみせる。反物を並べていた奉公人は二つ返事で引き受け、素早く千助を連れて来てくれた。好文を覚えていたのか、怪訝そうな顔をする千助に首を振り、好文は明星にしなだれかかる。

「…なあ、この子が着てるの、全部欲しい」

千助を上から下まで眺め、甘い声でねだってみせると、明星の瞳はますます愛《いと》おしそうに細められた。

「もちろん買ってやるぞ。お前にならもっと似合うだろうからな」

「お客様、さすがにお目が高い。こちらははるばる西の都から運ばれてきたばかりの、最高級の絞《しぼ》り染《ぞ》めでございます。お抱《かか》えの針子《はりこ》に急ぎで縫《ぬ》わせれば、三日ほどで仕立て上がるかと…」

揉《も》み手せんばかりの奉公人から、好文は気位の高い猫のようにつんと顔を背《そむ》けた。

「三日なんて待てない。今すぐ着て帰りたいから、その子が着ているのを脱いでくれればいい」

「で…、ですがそれは、さすがに…」

「まあまあ、いいじゃないか」

弱り顔の奉公人に、明星が好文を侍《はべ》らせたまま身を寄せた。懐から取り出した小判を、奉公人の袂《たもと》に素早く落とす。

「俺はこの子の望みなら、何でも叶えなければ気が済まない性分でな。…構わないだろう？」

「はい、それはもう。…お千！」

小判の効果は絶大だった。奉公人は千助を棚の陰に引っ込ませると、着ているものを全て脱ぐよう命じたのだ。

好文は綺麗な振袖《ふりそで》を待ちきれないふりで追いかけ、驚く千助に十手を見せた。その口から悲鳴が漏れる前に、素早く耳打ちする。

「静かに。…清次郎から雨夜会について聞いた。弥七郎があんたたちを爺どもの慰み者にしてるってのは、本当なのか？」

「せ、…っ…⁉」

叫びそうになった千助の口を、好文はさっとふさいだ。逃げた清次郎がかくまわれていることや、清次郎から聞いた話を手短に伝えると、大きな瞳から涙がこぼれ落ちる。

「…本当に、清次郎兄さんは生きているんですね。良かった…」

千助は帯の隙間に挟まれていた小さな紙片《しへん》を見せてくれる。冬雲が渡していた結び文…清次郎からの手紙だろう。弥七郎と番頭に嵌《は》められた経緯《けいい》、自分は無事であること、親切な人にかくまわれながら千助を救い出す手段を探していることなどが記《しる》されている。

「じゃあ、清次郎の話は真実なんだな？」

「……はい」

千助は悲しげにうつむき、振袖の裾《すそ》を下の長襦袢《ながじゅばん》ごと腰までめくり上げた。露《あら》わになった千助の伸びやかな脚には、治りかけの噛み痕や縄《なわ》の痕、煙管《きせる》の先を押し付けたとおぼしき火傷《やけど》の痕など、およそまともではない情交の痕跡が刻まれており、怒りがこみ上げてくる。

「あの禿《は》げ…、大黒屋の隠居の仕業《しわざ》か？」

こくりと頷き、裾を元に戻すと、千助は両手を組み合わせながら見上げてくる。

「親分さん…、どうかお助け下さい。さっき旦那様に呼ばれて、次の雨夜会で私を大黒屋のご隠居様の専属にするつもりだと…」

「何だって…？　次の雨夜会はいつだ？」

「……二日後です」

好文は頭を抱えそうになった。


「どうぞまたご贔屓《ひいき》に！」

奉公人たちの満面の笑顔に見送られ、好文《よしふみ》は明星《あかぼし》と共に千歳屋《ちとせや》を出た。千助《せんすけ》が脱いだ振袖《ふりそで》や帯で全身綺麗に飾り立てられているが、頭の中は真っ暗だ。

……二日後だって？　それじゃあ証拠を揃える暇も無い。

清次郎《せいじろう》がかつて入手した裏帳簿はすでに処分されているだろうし、町奉行の権限を振りかざして弥七郎《やしちろう》と番頭をしょっぴき、拷問《ごうもん》にかけても何もしゃべるまい。『仏の弥七』を拷問したと知れれば、北町奉行所《きたまちぶぎょうしょ》の評判は今度こそ地に堕《お》ちる。

弥七郎の悪事を暴《あば》き、お白洲《しらす》に引きずり出すには――。

「雨夜会《あまよかい》に踏み込むしか無いだろうな」

明星がこともなげに好文の思考を読んでみせた。もう情人《じょうじん》のふりをする必要など無いのに、長く逞《たくま》しい腕は好文の腰に回されている。

「明星…」

「雨夜会の開催場所はわかったのだろう？　現場を押さえられれば、さすがの『生き仏』も言い逃れられない」

そう、千助は雨夜会の開催される場所を教えてくれた。永泰橋《えいたいばし》のかかる墨田川《すみだがわ》沿いの西岸だ。その界隈《かいわい》には昔から幕府の米蔵が並んでおり、倉前《くらまえ》と呼ばれている。雨夜会の開催場所も一見米蔵だが、中は快適に過ごせるよう改築されているのだそうだ。倉前には米の売買を代行する札差《ふださし》と呼ばれる商人が常に出入りするため、雨夜会の客の出入りも怪しまれないという寸法なのだろう。

やはり弥七郎は頭が回る。いたいけな子どもを食い物にしながら『仏の弥七』と称《たた》えられるその狡猾《こうかつ》さを上回るには、明星の言う通り、雨夜会の現場を動かぬ証拠として押さえるしかないのだが…何故だろう。胸に湧き出た嫌な予感が消えてくれない。

腰を抱いていた手がするりと滑《すべ》り、いやらしく尻を撫で上げた。

「…あ…、っ……」

「何かあったら俺を呼べ。…必ず助けてやる」

遠ざかっていた閨《ねや》の感覚に震える好文の耳元で囁き、明星は身を離した。好文が我に返った時には、その後ろ姿は雑踏に埋《う》もれ、見えなくなってしまっている。

……どういう意味なんだ？

まるで好文の嫌な予感を読み通しているかのようだった。だが捕まえて問いただすことも出来ず、好文は北町奉行所に戻り、北町奉行としてさっそく弥七郎捕縛《ほばく》のための支度を始める。

『何と…、弥七郎がそのような外道《げどう》な振る舞いを⁉』

集められた同心《どうしん》たちは好文が明かした事実をにわかには信じられないようだったが、念のため千助から預かっておいた清次郎からの文を見せると納得せざるを得ず、捕物出役《でやく》の準備に取りかかった。雨夜会の行われる米蔵をひそかに取り囲み、宴《えん》もたけなわとなった頃を見計らって踏み込む手はずだ。その旨《むね》、船宿に居る茨木《いばらぎ》と桃若《ももわか》にも使いを出して報《しら》せておいた。

桃若が町奉行所の役宅《やくたく》に駆け込んできたのは、準備も整い、出役まであと二刻《ふたとき》ほどに迫《せま》った翌日の八《や》つ頃（午後二時頃）だった。桃若が訪ねてきたら好文のもとまで通すよう、召し使いたちには告げてある。

「ててて、大変《てえへん》だ、大変だ、錦《きん》さん！　おっかねえ旦那が、船宿から居なくなっちまった…！」

「何…っ…？」

「すまねえ、すまねえ錦さん。おいらがどじを踏んだばっかりに…！」

いったい何があったのか。好文は必死に聞き出そうとするが、桃若は動転しきっていて話にならない。よくもここまで無事にたどり着けたものだ。

こうなったら仕方ない。好文は錦次《きんじ》に化け、桃若を引きずるようにして冬雲《とううん》の船宿に急いだ。

二階に踏み込むや、待っていた冬雲と清次郎が頭を下げる。

「親分さん、申し訳ございません」

「詫《わ》びはいい。何があった？」

冬雲は面目無さそうに教えてくれた。好文が一人で引き上げた後、茨木はずっとそわそわした様子だったこと。今日の昼餉《ひるげ》の後、仮眠を取ると言ってあてがわれた部屋に引っ込んでしまったこと。心配だったので桃若に見張りを頼んだのだが、桃若は眠気に負けて眠り込んでしまい、気付いたら茨木の姿が消えていたことを。

「部屋に書き置きが残されておりました。…こちらです」

冬雲が寄越した書き置きには、『雨夜会に潜入し、弥七郎たちを皆殺しにして参ります』と記《しる》されていた。茨木の筆跡に間違い無い。

「…実醇《さねあつ》…、どうしてそんなことを…」

弥七郎を生きて捕らえ、密通はでっち上げだったと証言させなければ、清次郎の冤罪《えんざい》は晴れないのだ。それがわからない茨木ではないだろうに。…何より、理由も無く皆殺しにするなど茨木らしくもない。

「親分さん、私は…、…千助たちは…」

「…心配するな、清次郎。俺、…いや町方《まちかた》の旦那が必ずどうにかして下さる。だから桃若、お前もいつまでもくよくよしてんじゃねえぞ」

真っ青な清次郎を励《はげ》まし、意気消沈する桃若の肩を叩いてやる。もし桃若が居眠りしなかったとしても、茨木を止めることは出来なかっただろう。

好文は清次郎と桃若を冬雲に頼み、船宿を出た。早足で歩きながら懸命に思考を巡らせる。

当初の予定通り、雨夜会が最高潮に盛り上がった頃を狙って踏み込むのでは、茨木に先を越されてしまう可能性が高い。

茨木を止め、弥七郎たちを生きて捕縛する方法はたった一つ。…好文も雨夜会に潜入し、茨木がことを起こすより早く弥七郎たちを捕らえることだ。しかし好文には雨夜会に潜入するための伝手《つて》が無い。

——何かあったら俺を呼べ。…必ず助けてやる。

ふと明星の言葉がよみがえり、全身に震えが走る。弥七郎の裏の顔を知り、闇に身を浸《ひた》して生きる明星のことだ。弥七郎につながる手蔓《てづる》もあるかもしれない。…いや、絶対にある。だからあの男は、あんな意味深な言葉を残していったのだ。

「……明星」

立ち止まり、妖しく光る金色の瞳を思い浮かべながらそっと名を呼ぶ。雑踏のざわめきに溶けてしまうほど小さな声に、応《いら》えは返された。背後から腰に回される腕と共に。

「何だ？　好文。俺の可愛い可愛い、桜の花」

やんわりと、だが抜け出せない強さで絡み付いてくる腕に、縋《すが》ってはいけないことはわかっている。この腕は好文を決して傷付けはしないが、いつか必ず深淵《しんえん》の闇に引きずり込む。

けれど弥七郎たちを捕らえ、清次郎と千助を助けるには…茨木を止めるには、この腕に頼るしかない。

「雨夜会に潜入したい。…叶えてくれるか？」

「お前の望みなら、喜んで」

笑みの気配を含んだ唇が項《うなじ》を吸い上げる。びくんと震えた肌を満足そうに撫で、明星は好文の手を引いた。そのまままっすぐ倉前へ向かうのかと思えば、ひとけの無い路地裏へ連れ込まれる。

「おい、何を…」

「あの手の場所に潜《もぐ》り込むには、相応の支度が必要なんでな」

前髪から妖しい光を帯びた右目が覗く。思わず見惚れた隙に、明星は好文の背中を壁に押し付けた。はっと見上げる顔の脇に両手をつき、無防備に晒《さら》された喉笛に喰らい付く。

「……あ、…っ……」

やんわりと歯を立てられ、甘い吐息がこぼれる。遠くから子どもたちの遊ぶ声が聞こえ、とっさに口をふさごうとしたら、咎《とが》めるように首の付け根のあたりを吸い上げられた。

「俺の前では何も我慢しなくていい」

「…ぁ…んっ、…あ、あ……」

「愛《いと》しい、俺の好文…」

緩《ゆる》みかけていた衿元を広げられ、露《あら》わになった肌を熱い唇がたどっていく。強く吸われるたびに走るちりっとした痛みは、褥《しとね》に組み敷かれ、めちゃくちゃにされた淫《みだ》らな記憶を否応《いやおう》無しに呼び覚ます。

「あ…か、…ぼ、し…」

腰が砕けそうになりながら喘《あえ》ぐと、両脚の間に膝を割り込まされた。鍛《きた》えられた太股《ふともも》にぐりぐりと擦《こす》り上げられるだけで、下帯《したおび》の中の性器は熱を孕《はら》む。

「…あ、ぁ…っ、んっ…」

そこじゃない、と鎖骨《さこつ》の周りや胸の間を吸う明星に訴えたかった。肉厚な唇で好文のそれをふさぎ、思うさま口内を蹂躙《じゅうりん》して欲しいのに。

……俺は、茨木を止められるかどうかの瀬戸際に何を……。

頭の芯に残る理性に責められても、明星の手と唇を拒《こば》めない。茨木の顔と欲望がごちゃ混ぜになり、ぶるりと首を振った時だった。明星がふっと笑い、好文から離れたのは。

「…おっと。大丈夫か？」

ふらつく好文を支え、立たせてくれる。どうしてこんな真似を、とまだ熱の残る双眸《そうぼう》で睨んでやれば、結局可愛がってもらえなかった唇をつつかれた。

「言っただろう？　相応の支度が必要だと」

「支度…、…これが？」

「すぐにわかる」

明星は乱れていた好文の小袖《こそで》を直すと、大通りに出て駕籠《かご》を拾った。酒手《さかて》をたんまり弾まれた駕籠舁《か》きたちは歓喜し、すさまじい速さで町を駆け抜ける。好文たちを送った後、北町奉行所に手紙を届けて欲しいという願いも快《こころよ》く引き受けてくれた。

その甲斐《かい》あって、倉前には雨夜会の始まる四半刻《しはんとき》ほど前に到着出来た。千歳屋の所有する倉はいくつかあるが、軒下《のきした》に『丸に千』の紋《もん》が刻まれている倉が雨夜会の開催場所だ。だいたいの場所は聞いていたため、すぐに見付かった。

「これはこれは、明星の旦那…！」

好文たちが分厚《ぶあつ》い鋼鉄の扉をくぐると、弥七郎が目を見開いて出迎えた。背後には番頭も控えている。

「久しいな。俺の可愛い花がどうしてもとねだるんで来てみたんだが、入れてもらえるか？」

「明星の旦那なら、飛び入りでも大歓迎ですとも。今後もどうぞご贔屓に」

弥七郎は顔を見られないよう明星にしがみ付いた好文の紅《あか》い痕だらけの項や胸元を眺め、奥へ案内するよう奉公人に命じた。好色そうな笑みは『仏の弥七』からはほど遠い。そもそも明星と面識がある時点で、まともな人間ではない。

……そうか。このためだったのか。

雨夜会には子どもたちを競《せ》り落とす客の他、その光景を肴《さかな》に楽しむ客も招待される。まともに睦《むつ》み合うだけでは足りず、子どもたちの痴態《ちたい》を眺めたがる好き者だと弥七郎に思われたのは業腹《ごうはら》だが、我慢するしかない。

千助の言葉通り、高級宿のように改装された室内には高麗縁《こうらいべり》の畳《たたみ》まで敷き詰められ、奥に巨大な銀の屏風《びょうぶ》が置かれていた。部屋の左右には座布団と酒肴《しゅこう》の支度がされた席。中央には枕が二つ並べられた褥が五揃い敷かれ、淫靡《いんび》な空気を醸《かも》し出している。

間も無く開宴とあって、左右の席はほとんどが客で埋まっていた。

皆父の鷹文《たかふみ》よりも上の年代だろう。衰《おとろ》えぬ欲望をぎらつかせ、どの子が可愛いだの具合がいいだのと、近くの席のお仲間とろくでもない話題で盛り上がっている。その中には千助に執着する大黒屋《だいこくや》の隠居の姿もあった。

好文と明星が案内されたのは真ん中あたりの席だった。競り落としではなくその後の凌辱の観賞を目当てに訪れた客にとっては、褥に近い席が上席ということなのだろう。好文たちの右隣の客は雅《みやび》な振袖姿の少女を侍《はべ》らせ、膨《ふく》らんでもいない胸元に手を突っ込みながら盃《さかずき》を傾けていた。うつろな目をしたこの少女も、ひょっとしたら弥七郎の犠牲者かもしれない。

……実醇はどこだ？

明星に抱き寄せられながらどこかに潜《ひそ》んでいるはずの茨木を探していると、右隣の客と目が合ってしまった。いやらしく笑いかけられ、慌てて顔を逸《そ》らすが、粘《ねば》り気《け》を帯《お》びた視線は背中に貼り付いて離れない。

「皆様、お待たせいたしました。お客様も揃いましたので、そろそろ今月の雨夜会を始めさせて頂こうと思います」

茨木の姿を探し出せぬまま弥七郎が宣言し、五人の少女たちが銀屏風の前に引き出されてしまった。うち一人は千助だ。好文に区別がつかないだけで、他にも女装させられた少年が交じっているのかもしれない。皆死んだ魚のような目をしている。

まず最初に競りにかけられたのは、十歳にもなっていないだろう少女だった。幼さを強調するため尼削《あまそ》ぎにされた少女を前方の客たちがねっとりと眺め回す。

「この子は正真正銘のおぼこですので、八十両からの開始とさせて頂きます。…さあ、どうぞ！」

弥七郎が手を打ち鳴らすと、客たちは『百両！』『百二十両！』と声を張り上げる。あっという間に少女の値段は二百両にまで達した。一般的な遊女の年季奉公《ねんきぼうこう》の三倍近い値段だ。

「弥七郎さん、その子は本当におぼこなのかい？　大枚《たいまい》はたいて使用済みを掴まされちゃあたまらないよ」

誰かが芝居がかった口調で難癖《なんくせ》をつけると、弥七郎は阿吽《あうん》の呼吸で奉公人に少女を抱えあげさせ、嫌がるのも構わず両脚を広げさせた。難癖をつけた客は弥七郎に小判を数枚渡し、少女の無垢《むく》な股間に顔を突っ込む。

「…おみそれしました。この味はおぼこだ、間違いありませんよ」

「おわかり頂けて嬉しゅうございます。この弥七郎、仏の名にかけて偽りなど申しませんよ」

顔を上げた客とおどけて額を叩いた弥七郎が笑い合い、他の客たちは拍手する。羞恥《しゅうち》と屈辱に泣きじゃくる少女を憐れむのは、同じ立場の少女たちと好文だけだ。

「っ……」

ぎり、と唇を噛む好文に、明星が無言で首を振る。…そう、まだ駄目だ。少女たちが客に競り落とされる瞬間を確実に押さえなければならない。茨木が乱入する前に。それまでは、何があろうと明星の情人のふりで静観を決め込まなければならないのだ。

……弥七郎の奴、何が仏だ……！

年端《としは》もいかない子どもを笑って老人たちの餌食《えじき》にする姿は、清次郎の言う通り悪鬼《あっき》だ。何としても罪を白日《はくじつ》のもとに晒《さら》さなければならない。

駕籠舁きたちに届けてもらった手紙には、手の者を事前に潜入させておくので、合図があり次第踏み込むよう記しておいた。弥七郎が仏の仮面をかぶっていられるのも、あと少しだ。

「…もし。お客人」

明星に声をかけてきたのは、蹂躙される少女を食い入るように眺めていた右隣の客だった。必死に怒りを抑える好文に目を細め、思いがけない提案をする。

「よろしければ、そちらとうちのこれを交換して愉《たの》しみませんか？　いやあ、大黒屋さんと違って少年の趣味は無かったのですが、そちらのお方を見ていたらたまらなくなりましてね」

十八歳の好文は雨夜会の客の好みからは外れているはずだが、右隣の客の眼鏡には適《かな》ったようだった。すっかり振袖を乱れさせた少女をぐいと突き出され、きっぱり断るかと思いきや、明星は楽しげに好文の尻を撫でる。

「……どうする？　可愛がってもらうか？」

「…な、…っ…」

悪戯《いたずら》な手はそのまま奥へ這ってゆき、尻のあわいをぐっと押し込んだ。下帯が蕾《つぼみ》に食い込み、堪《こら》えきれない喘《あえ》ぎが漏れる。

「あ……っ…」

右隣のみならず、左隣の——さらにその向こうの客の視線までもが熱を帯び、絡み付いてくるのがわかった。でもじかに見ることは出来ない。明星がもう一方の手を小袖の合わせに差し入れ、小さな肉粒を指先でこりこりともてあそぶせいで。

「俺と、そちらの客と。どちらに愛《め》でられたい？」

答えなどわかりきっている質問を投げかける、残酷で愛おしい男から目が離せない。

「…お、…まえ、…が…」

まるで見えているかのようにうごめく手が小袖越しに下帯をかき分け、蕾をなぞり、尻たぶをむちむちと揉《も》み込む。こんな狼藉《ろうぜき》を許せるのは、明星だけなのに。

「お前が、…いい。…お前以外には、可愛がられたく、ない…っ…」

「そうか」

明星はふっと微笑《ほほえ》み、右隣の客に眼差しを向けた。

「というわけだ。悪いが交換するわけにはいかんな」

「は、…はい、それはもう…」

よだれを垂《た》らさんばかりに見入っていた客は諦め悪く好文に手を伸ばそうとしたが、鋭さを増した明星の瞳に射貫《いぬ》かれ、慌てて引っ込めた。他の客たちもばっと素早く姿勢を正す。

「明星…、お前……」

抗議しようとした好文の唇に人差し指を当て、明星は前方を顎《あご》でしゃくってみせた。見れば、銀屏風の前に佇《たたず》んでいるのは千助一人だけだ。好文が嬌態《きょうたい》を晒している間に競りは進み、とうとう最後の千助の番が訪れたらしい。

「三百両！　…他のお客様、よろしゅうございますか？　では、お千は本日よりこちらのお客様の専属になりました！」

千助の競りはほとんど時間もかからずに終わった。おそらく事前に根回しが済んでいたのだろう。三百両を提示した大黒屋の隠居に競り合う者は居らず、千助はあっさり隠居に落札《らくさつ》されてしまったのだ。

「おお、お千。もういちいち店へ行かずとも、好きな時に可愛がってやれるのう」

「ひっ……」

隠居に頬擦《ほおず》りをされ、今にも泣き出しそうなのは千助だけではない。先に落札された四人の少女たちも、絶望の眼差しを座敷の真ん中にずらりと敷かれた褥に注《そそ》いでいる。

「さあ皆様、お待たせいたしました。全ての競りが終わりましたので、ここからはお楽しみの時間でございます」

弥七郎の宣言に客たちは拍手し、褥に押し倒された少女たちにいやらしい野次を飛ばす。彼女たちがもがき、必死に慈悲を乞う悲鳴すら、人の心を忘れた客にとっては小鳥のさえずりだ。

……実醇は来ない。…よし、今だ！

好文は袂《たもと》に隠しておいた合図用の笛を取り出した。そのまま勢いよく吹かなかったのは、覚えのある気配を感じたからだ。

閉ざされた襖《ふすま》の、向こうから。

「あれ、は…」

見開いた好文の目の先——褥を挟んだ対面に座る客の背後の襖に、斜めの線が走った。真っ二つにされた襖が床に倒れかかるより早く、抜き身の刀を提《さ》げた茨木が躍《おど》り込んでくる。

「だ、…」

誰だと叫ぼうとした客は、殺気を孕《はら》んだ双眸に貫《つらぬ》かれるだけで失神した。悲鳴を上げて逃げようとする客たちには一顧《いっこ》だにくれず、茨木が狙うのは…弥七郎だ。

「何だお前は…、…誰か、誰か！　私を助けなさい！」

弥七郎が喚《わめ》いても、応じる者は一人も居ない。奉公人たちはいち早く逃げ出したし、番頭も腰を抜かしてしまっている。

「……邪魔だ」

茨木はせめてとばかりに袴《はかま》の裾《すそ》を摑んだ番頭を冷たく見下ろし、その腕を踏み付ける。耳をふさぎたくなるような叫びに、骨の折れる鈍《にぶ》い音が交じった。

「……、実醇っ……」

「駄目だ、好文。…今の鬼侍《おにざむらい》は普通ではない」

明星に言われなくてもわかっている。いつもは澄んだ瞳は血走り、たった二日でやつれ果ててしまった顔は別人のようだ。何より、同じ空間に居る好文に茨木が気付かないなんて、普通では絶対にありえない。…何かが茨木を駆り立てているのだ。弥七郎を殺せと。

「おお、おっ、お助けえええええ！」

失禁《しっきん》しながら両手をかざす弥七郎に、茨木は無言で刀を振り上げる。

…まずい。まだ罪人と決まったわけではない弥七郎を殺せば、清次郎の濡れ衣を晴らせなくなるばかりか、茨木は北町奉行の内与力《うちよりき》として失格の烙印《らくいん》を押されてしまう。

……実醇を、俺から奪わせるものか！

「放せ…！」

湧き上がる怒りと焦燥《しょうそう》のまま、好文は明星の腕を解いた。追い縋《すが》る明星を振り切り、刃が下ろされる瞬間、弥七郎を抱き締めるようにして茨木との間に身を滑《すべ》り込ませる。茨木が自分を斬ることなどありえないと信じて。

「……っ、……」

訪れたのは肉を斬られる激痛ではなく、ぱらりと小袖を切り裂かれる感覚だった。

茨木がはっと息を呑む。裂かれた小袖から覗く好文の背中には、さっきの愛撫と興奮によって桜吹雪《さくらふぶき》の彫り物が浮かび上がっているだろう。

「……好文、……様？」

「そうだ、俺だ。…もうやめろ、実醇。こいつには生きて償《つぐな》わせなければならない」

好文は弥七郎に背中を晒し、茨木に向き直った。黒い瞳の奥に狂おしい光が宿り、刀を握る手は小刻みに震えている。

「ひ、ひ、人殺しっ！」

「逃げろ…、逃げるんだ！」

さっきまでの淫靡な熱もすっかり冷めた客たちは、こけつまろびつ座敷から逃げ出そうとしている。置き去りにされた千助たちは、わけもわからずただ泣きじゃくるだけだ。

……どうすればいい？

すぐにでも外の同心たちを踏み込ませたいが、茨木は好文が少しでも目を離せば再び弥七郎を襲うに違いない。迷う間にも客は手近な襖に殺到《さっとう》し、出て行こうとする。

その背中に、疾風《しっぷう》のごとく詰め寄った明星が抜き打ちを仕掛けた。

「ぐわっ…」

一人が倒れれば二人目へ、さらにまた次へ。急所に刃を叩き込まれ、客たちはなすすべも無く倒れていった。だが誰一人として血を流してはいない。…峰打《みねう》ちだ。

「千助！」

「…あっ？　お、親分さん⁉」

呼びかけられて初めて、千助は好文の存在に気付いたようだ。

「これから同心の旦那たちが駆け付けて下さる。お前たちはそこにじっとして、旦那の仰《おつしや》る通りにするんだ。…いいな？」

「は、…はい！」

千助が力強く頷くのを見届け、好文は思い切り笛を吹き鳴らした。ぴいいいいいい、と高く澄んだ音が響き渡る。

「行くぞ、実醇！」

好文は茨木の手を引き、座敷を飛び出した。様子のおかしい茨木を同心たちの目に晒すわけにはいかない。彼らが駆け込んでくる前に脱出しなければ。

「好文、こちらだ」

すでに退路を確保した明星が廊下の奥で手招きをする。好文を奪う怨敵《おんてき》の姿に茨木はつかの間まなじりを吊り上げたが、おとなしく好文と共に走ってくれた。

「北町奉行所である！　不埒者《ふらちもの》ども、神妙に縛《なわ》につけぇい！」

高江《たかえ》の高らかな宣言が聞こえてきたのは、好文たちが倉の裏口から抜け出した直後だった。

……これで清次郎の濡れ衣は晴れ、千助も助かる。

どうして突然弥七郎を襲おうとしたのかはわからないが、茨木も無事だった。心身共にくたくたでも心は晴れやかだ。問題は茨木と明星、不倶戴天《ふぐたいてん》の敵同士が道連れということだが…。

明星が抜かり無く用意しておいてくれた提灯《ちょうちん》の灯《あか》りを頼りに、右隣の茨木を窺う。闇にも浮かび上がるほど麗《うるわ》しい横顔には何の感情も浮かんでおらず、唇は固く引き結ばれていた。腰の刀を抜こうとする気配も無い。最悪、脱出した瞬間に斬り合いが始まると思っていたのに。

「――待て」

灯りも持たずに前方を進んでいた明星がふと足を止めた。闇夜も見通す金色の瞳が、何かを捉えたのだ。広い背中には、初めてと言っていいくらいの緊張が滲んでいる。

警戒する好文の耳に届いたのは、足音だった。どこか浮かれたような足音が近付いてくる。酔客だろうか。だが米蔵ばかりのこの界隈に、安酒を飲ませるような店は無いはずだ。

やがて提灯の灯りに爪先《つまさき》が照らし出された瞬間、いきなり視界が真っ暗になった。

ぐらぐらと全身が揺れている。地震でも起きたのか。いや、それにしては妙だ。身体が鉛《なまり》のように重く、心の臓も…心の臓が…。

……動いて、いない？

左胸の鼓動が感じられない。…馬鹿な。心の臓が止まってしまったら、それは――死人ではないか。

「……様、……文様！」

好文は生きている。骨ごと心の臓を斬られる感覚に全身が支配されようと、喉の奥に鮮血の味が広がっても。

「好文様、…好文様！」

がくん、と大きく揺らされ、開いた口から空気が入ってきた。肺腑《はいふ》が一気に膨《ふく》らむ。明るさを取り戻した視界に、血相《けっそう》を変えて己を覗き込む茨木が映る。

力を入れて踏ん張ると、茨木に支えられていた身体の震えは少しずつ治まった。

好文はようやく悟《さと》る。…地震でも何でもない。揺れていたのは好文自身で、突然視界が暗くなったり心の臓が止まったように錯覚したのは――目の前に現れた男に、生きながら死を体感させられたせいだったのだと。

「やはりお前は出来損《そこ》ないよな」

闇から溶け出た冬雲《とううん》は茨木を一瞥《いちべつ》し、侮蔑《ぶべつ》も露《あら》わに吐き捨てた。

…姿かたちは何も変わっていない。着崩した木瓜柄《もっこうがら》の小袖も、毒気を抜かれる笑みも、下がりぎみの目尻も。

けれど、全身から漲《みなぎ》る強烈な…あまりに濃厚すぎて、清冽《せいれつ》にすら感じる殺気。それが冬雲を別人に変化させていた。いや、こちらこそが真の姿だというのなら、好文が読み誤っていたのだ。お人好しの善良な男だと、信じて疑いもしなかった。

冬雲はただ、綺麗に殺気を仕舞い込んでいただけだというのに。

「せっかく雑念を拭《ぬぐ》ってやったのに、人一人満足に斬れないとは。……消えるがいい」

腰に差していた刀を抜くと同時に、冬雲の姿は好文の視界から消え失せた。

再び現れたのは、茨木が好文を背後に庇《かば》った後だ。茨木はだらりと両手を伸ばしたまま、今まさに己を袈裟《けさ》懸《が》けに仕留めようとする刃を避けようともしない。

「実醇っ…」

ぎぃんっ！

好文の絶叫に、鋼《はがね》の噛み合う高い音が重なった。手を伸ばせば触れられるほど近くで、冬雲と明星が鍔《つば》迫《ぜ》り合《あ》いしている。

茨木を無慈悲に殺そうとしていた冬雲に、明星が横から斬りかかったのだ。

理解するや、好文は青ざめた。必殺の間合いから明星の一撃を受け、防げた者は好文の知る限り一人も居ない。

「……お前は……」

驚愕したのは冬雲も同じだったようだ。ただしこちらは頬を紅潮させ、唇をゆっくり吊り上げていく。

……喜んでいる、のか？

対して明星の方は戸惑っているようだった。

明星──『百人斬り』とまともにやり合える剣客《けんかく》などめったに居ないから？　…いや違う、そうじゃない。

互いの刃を払いのける勢いを利用して飛びすさり、着地ざま大地を蹴《け》り、息を吐く間も与えず攻撃に転じる神速《しんそく》の動き。常人の目では追うことすら叶わない速さでくり出される、雷光《らいこう》のごとき斬撃《ざんげき》。

外見にまるで似たところは無くとも、冬雲と明星の剣筋は奇妙なくらい重なって見える。

「まさか、お前は…」

十数手ほど斬り合った後、冬雲は次の手をくり出さずに呟いた。好文の目で確認出来た限りだから、実際はもっと斬り合っているかもしれないが、冬雲も明星も息一つ切らしていない。

「…そうか。……まさか桜の種が、芽吹《めぶ》いていたとはな」

「…っ…、貴様…」

珍しく動揺を露わにした明星には構わず、冬雲は振り向きもせずに刀子《とうす》を投げた。それが好文の喉笛を狙ったものだと理解したのは、茨木が鞘《さや》ごと引き抜いた刀で弾き返した後だ。喉から血を噴き上げて絶命する己の姿が脳裏を駆け巡る。

『…死んだ、と思ったのです』

高江の言葉がよみがえる。お澄《すみ》と乳母を斬り殺し、まんまと逃げおおせた犯人は、高江に生きたまま死を味わわせてみせた。…今の好文のように。

「冬雲…、お前もしかしてお澄たちを…」

「——二人ともが、揃って北町奉行に誑《たぶら》かされるとはな」

殺意のしたたる壮絶な笑みに、好文は思わず己の喉を覆った。少し遅れて、驚きがゆっくりと臓腑《ぞうふ》に広がっていく。

……冬雲は、俺が北町奉行だと知っていた？

その上で好文に騙《だま》されたふりをして、己自身についても偽り、事件が終わった後になって現れた。いったい何のためにそんなことを？

「…好文様を害そうとするのなら、及ばずとも手向かいいたします」

茨木が刀の鞘を払いながら冬雲を睨み付け、明星はその隣で無言のまま刀を正眼《せいがん》に構える。常人なら卒倒《そっとう》するか、心を蝕《むしば》まれ立ち直れなくなりそうな殺気を浴びせられても、冬雲は小揺るぎもしなかった。優雅ですらある動きで刀を鞘に納める。

「思わぬ収穫を得た礼だ。今宵《こよい》のところは出来損ないを見逃してやろう」

「あっ…、冬雲！」

きびすを返した冬雲を追いかけようとしたら、茨木に腕を引っ張られた。目が合うと、苦い表情で首を振られる。

「いけません、好文様」

「だがあの男は、おそらくお澄たちを…」

「だからこそ追ってはいけません。もしこれ以上追いかければ――殺されます」

再び己の無惨《むざん》な最期《さいご》が頭を過《よ》ぎりそうになり、好文は足を止めた。小柄な背中が余裕の笑みの気配を漂わせたまま、深い闇へ溶けていくのを見送るしかない。…明星すら。

「あ、……明星？」

納刀《のうとう》した明星がきつく好文を抱き締める。縋《すが》るような腕の強さと震えに、好文は面食らった。いつも腹が立つくらい余裕しゃくしゃくな明星を、消えてしまいそうに感じる日が来ようとは。

「明星…、…どうしたんだ、明星」

問いかけには答えず、身を離した明星は好文の手を引いてずんずんと歩き出す。好文は茨木と共に、明星を追うしかなかった。


ほど無くしてたどり着いたのは、倉前からさほど離れていない界隈にある一軒家だった。無人にもかかわらず、静まり返った室内にはところどころ提灯が灯されている。明星が無数に持つ隠れ家の一つなのだろう。

一番大きな座敷に足を踏み入れたとたん、茨木は糸が切れたように失神してしまった。限界が近かったのを、気力だけで堪《こら》えていたのだろう。

「…あ…っ、…ちょ、…待って……」

熱を測ろうとした好文を、明星は無言のまま抱え上げた。座敷の真ん中あたりで畳《たたみ》に下ろされ、息を吐く間も無く帯を解かれる。

「は、……ぁっ！」

肉粒にかぶり付かれ、ほとばしりそうになった悲鳴を必死に呑み込んだ。

離れているとはいえ、同じ座敷の隅には茨木も居るのだ。母親代わりの前で抱かれるなんて、冗談ではない…はずなのに。

「……あ、…ん、……あぁ……」

乱れた前髪から覗く金色の右目が切なそうに細められると、分厚い胸板を押し返そうとしていた両手はとたんに力を失ってしまった。自然に開いた脚の間に逞《たくま》しい腰を受け容《い》れ、肉粒に喰らい付く頭を抱き締める。少しでも離れたら、この男がどこかに消え去ってしまいそうな気がして。

自《みずか》ら差し出すように胸を反《そ》らせてやると、肉粒をしゃぶる唇から笑みの気配が伝わってきた。器用な手が好文の下帯を解き、張り詰めつつあった肉茎《にくけい》を握り込む。

「あぁぁっ……」

今度こそ堪えきれなかった嬌声《きょうせい》は、明星のお気に召したようだ。褒美《ほうび》とばかりにぐちゅぐちゅと肉茎を扱《しご》かれ、肉粒に歯を立てられる。ここしばらく他人の手とは無縁だった肉茎はたちまち弾け、飛沫《ひまつ》をまき散らした。

「……っあ、ああ、あ、あー……っ…」

まぶたの奥に白い光が弾け、好文はびくんびくんと四肢《しし》をわななかせた。…どうしたのだろう。いつもならじっくり愛撫を加え、さんざん手と言葉で焦《じ》らしてからようやく絶頂させてくれるのに。

疑問はすぐに解消された。茨木に切られた小袖と下帯を取り去られ、生まれたままの姿でうつ伏せにされたのだ。いやらしく尻たぶを撫でる手に促《うなが》されるがまま四つん這いになったとたん、熱い切っ先が蕾にあてがわれる。

「ひ……あ、あ、あっ……」

まるで慣らされていないのに入るわけがないと思ったが、脈打つ肉刀《にくとう》は肉の輪をくぐり、ぬるぬると中に押し入ってきた。さっき好文が出した精を刀身にまぶしたのだ。一度絶頂を極めた身体からは適度に力が抜け、傍若無人《ぼうじゃくぶじん》な肉刀を従順に呑み込んでいく。

……少しでも早くつながるために、極めさせたのか。

ぞくん、と背筋が震えた。嫌悪ではない。常に余裕を失わなかった明星が、それほどまでに自分を求めてくれていることが嬉しくて——切なくて。

「…ひ…っあ、あ…っ、ああ……」

好文が最奥《さいおう》を突き上げられるたびに善《よ》がれば、いつもなら耳元で耳が溶けてしまいそうなほど甘い睦言《むつごと》を吹き込まれる。

だが今宵の明星は好文の背中にしつこく唇を落としては、吸い痕を残すのだ。まるで自分のために浮かび上がった桜吹雪を、いっそう鮮《あざ》やかに彩《いろど》ろうとでもするかのように。…そうでもしていなければ、己をつなぎ止めていられないかのように。

「ああ、……ぁっ！」

根元までずっぽり嵌《は》め込まれ、軋《きし》む最奥に奔流《ほんりゅう》のごとき精がぶちまけられる。

敏感な媚肉《びにく》をびしゃびしゃと叩かれる久しぶりの感覚に、好文は恍惚《こうこつ》と背を震わせた。もっと奥まで欲しくて、上半身を畳に倒す。自然と尻が高く掲《かか》げられ、注《そそ》がれたばかりの精はどろどろと奥へ流れていく。

「…ひ…あ、…んっ、ああ、あ……」

好文の情けどころを熟知する明星は、嵌めたままの肉刀をゆっくりと引いては貫《つらぬ》き、精をより奥へ送り込んでくれた。紅《あか》い痕に彩られた背中を愛《いと》おしそうに撫でる。

「…相変わらず、これが好きだな」

「あぁっ…」

ようやく聞こえた声は甘く蠱惑的《こわくてき》なのに、いつもと少し違う響きを帯びている。不安、焦燥

…恐怖？

……冬雲は、お前の何なのだ？

赤の他人と断じるには、二人はあまりに似すぎていた。見た目が、ではない。あの剣技――天賦《てんぶ》の才に恵まれた者だけが許された神速の動きは、まるで鏡に映したかのような…。

……あの男は、何者なのだ？

出来損ない、と冬雲は茨木を断じた。冬雲の豹変《ひょうへん》ぶりに、茨木は驚いてもいなかった。あの男は茨木ともつながりがあるのだ。

『――二人ともが、揃って北町奉行に誑かされるとはな』

茨木と明星。好文にとって失うことの出来ない大切な存在。どちらとも浅からぬ因縁《いんねん》を持つ男は、好文の正体を知っていた。お澄と乳母を殺し、その一方で清次郎を保護していた。

目的は？　素性は？　考えれば考えるほどわからなくなって…。

「……あああぁぁ…っ…！」

ごちゃごちゃになった頭は、己の喉奥からほとばしる悲鳴で現実に引き戻された。

一旦引き抜かれ、一気に奥まで突き入れられた肉刀がぬるついた中をぐちゃぐちゃとかき混ぜる。焼き切られた思考の代わりに、何も考えられなくなるほどの快楽を植え付けられる。

「…許さない」

耳朶《じだは》を食みながら吹き込まれる囁きは、蜜《みつ》よりも甘かった。

「俺以外の男を思うのは、…決して」

「は、…あ、……あぁっ！」

ぐぷん、と根元まで呑み込まされながら身体を持ち上げられる。胡座《あぐら》をかいた明星の膝に乗せられる体勢になり、肉刀は最奥のさらに奥まで嵌まり込んだ。

「…好文…、お前は、…俺の花だな？」

狂おしく囁かれても、応《こた》えは返せない。長い指が二本まとめて口内に差し入れられ、ぐちゃぐちゃとかき混ぜられているせいで。上も下も明星でいっぱいだ。尻から口まで、太い杭《くい》に貫かれたような錯覚に陥《おちい》りそうになる。

「う…ぁ、あ、ん……」

代わりにがくがくと頭を上下させ、節《ふし》ばった長い指をしゃぶった。…この手に握られればどんななまくらも名刀《めいとう》と化し、標的を鮮やかに切り裂く。好文以外には死を招く手は、好文にだけは極上の快楽をもたらす。

……いや、これもまたひとつの『死』なのかもしれない。

自分自身すら触れられない奥をごつんごつんと突かれ、中に出された精をなすり付けられるたび、新しい何かが生まれ出るような気がするから。

「俺の好文、…愛している…、お前だけは、俺を…」

「……ん、……ぅぅぅ！」

喉まで指を咥《くわ》えさせられ、最奥に二度目の精を叩き付けられる。

長い指にしゃぶり付きながら、好文もまた肉茎から飛沫を噴き上げた。


明星《あかぼし》とのまぐわいは好文《よしふみ》が『もう限界だ』と泣き出しても続いた。ずっと揺さぶられていたような感覚が残っているから、たぶん気を失っても犯されていたのだろう。

遠くから聞こえる鳥のさえずりで目を覚ました時、隣に明星の姿は無かった。…行ってしまったのだ。快楽の余韻《よいん》だけを残し、好文の手の届かない闇の奥へ。

「…好文様。目を覚まされましたか」

ぼんやり天井を見上げていると、近くの襖《ふすま》から茨木《いばらぎ》が入ってきた。好文はぱっと起き上がり、姿勢を正す。汚れた身体は綺麗に清められ、新しい小袖《こそで》を着せられていたけれど、茨木のことだ。自分が失神している間にここで何があったか、気付かないわけがない。

「ああ。…お前は大丈夫なのか?」

おずおずと問うと、茨木は横に座り、濡れた手拭《てぬぐ》いで好文の顔を拭《ふ》いてくれた。好文より先に目覚め、炊事場《すいじば》を探し出していたようだ。

「はい。おかげさまで、もう何ともありません」

微笑《ほほえ》む顔には昨夜の陰が無い。いつもの茨木だ。好文は胸を撫で下ろし、茨木の手をそっと握る。

「実醇《さねあつ》。……その……」

「冬雲《とううん》は何者か、ですか？」

どう尋ねたらいいものか迷っていると、茨木の方から切り出してくれた。茨木は一瞬ためらってから、好文の手を握り返す。

「あの男は、……私の父親です」

「父親…、だと？」

信じられなかった。出来損《そこ》ない、と吐き捨てた冬雲の冷酷な眼差しはとても我が子に対するものではないし、見た目にも似たところなど一つも無い。

「親は皆が皆、お父上様のように無条件で子を慈《いつく》しむものではないのです。我が子であっても…いえ、我が子だからこそ、いくらでもむげに扱える者がこの世には存在します。私の父もそうでした」

茨木には幼い頃の記憶がほとんど無いという。覚えているのは、父親らしき男に人斬りのすべを叩き込まれたことだけ。その父親も少年の頃に姿を消してしまい、食べるにも困って人殺しで食いつないでいたところ、鷹文《たかふみ》に拾われたのだそうだ。

「父親の顔はかすかにしか記憶に残っていませんが、帯から下げていた月に雲の根付《ねつけ》だけははっきり覚えています。へまをして折檻《せっかん》される時は、いつも頭上で揺れていましたから」

「月に雲の根付…⁉」

そうか、だから茨木は高江《たかえ》が月に雲の根付を持ち帰った時からおかしくなったのだ。お澄《すみ》と乳母を斬った犯人が己の父親かもしれない可能性に気付いて。

だが月に雲の根付自体は珍しいものではない。その時点ではうっすらとした疑惑に過ぎなかっただろう。それがはっきりとした形を成したのは、たぶん千歳屋《ちとせや》で初めて冬雲に遭遇した時に違いない。

好文が推測を話すと、茨木は頷いた。

「しかし記憶の中の父は常に恐ろしい形相《ぎょうそう》をしており、決して冬雲のようなお人好しではありませんでした。よく似た他人の可能性も捨てきれない」

「だからお前は船宿に残ったのか。冬雲が父親かどうか確かめるために」

「はい。…あの男は自分が私の父親だと認め、お澄たちを殺したことや、清次郎《せいじろう》を保護したこと、根付をわざと落としていったことまで白状しました。私をおびき寄せるために」

冬雲ほどの剣客《けんかく》ならば、お澄たちを殺し、変装を解いてから何食わぬ顔で清次郎を保護することくらい簡単にやってのけられただろう。

「では、お前が突然弥七郎《やしちろう》を殺そうとしたのは…」

「あの男に暗示をかけられたからです。弥七郎と雨夜会《あまよかい》の参加者を皆殺しにしなければならない、さもなくば好文様が殺される…と」

だが弥七郎を仕留める寸前、茨木は刀を引いた。好文が命懸けで割り込んできたせいで。

「…あの時ほど肝《きも》が冷えたことはありません。私などのために好文様が危険を冒《おか》すなど、あってはならないのに」

「夢中だったから仕方ないだろう。弥七郎を斬ってしまえば、お前は内与力《うちよりき》を外される。お前が傍《そば》に居ないなんて耐えられない」

それに、と好文は茨木の肩にもたれかかった。握ったままの手を頬に当てる。

「お前は絶対、俺を傷付けたりしないだろう？」

「…ええ、……ええ、好文様。私の手は…私の全ては、貴方《あなた》をお守りするために存在するのですから」

しばしの間、好文たちはじっと互いの温《ぬく》もりを分かち合っていた。…失わなくて本当に良かった。そう安堵を噛み締めているのは、好文だけではないだろう。

「――『百人斬り』に借りを作ってしまいましたね」

茨木がぽつりと呟いた。

「あの男が居なければ、弥七郎たちには逃げられていました。清次郎の濡れ衣を晴らすことも、千助《せんすけ》たちを救い出すことも出来なかったでしょう」

そこでようやく清次郎の存在を思い出し青ざめたが、冬雲は無用の殺人を犯さない、おそらく船宿に置き去りにされているはずだと言われて安堵した。あの船宿も冬雲が茨木をおびき寄せるために用意した罠《わな》だったのだろう。

「…冬雲は、いったい何者なのだろうな。明星とも関係があるようだが…」

ただ者ではないことだけは確かだ。茨木や明星にも劣らぬ剣技。小さいとはいえ、船宿ひとつを罠に使うにもそれなりの伝手《つて》や財力が必要になる。

幼い我が子に人殺しのすべを教え込んで消えておきながら、再び現れ、おびき寄せてまで人を殺させようとする。その上で『出来損ない』と吐き捨て、殺そうとした。冬雲の行動は矛盾だらけだ。

そもそも遠い昔に生き別れた冬雲が、成長した茨木をどうやって探し出したのだろう。茨木が北町奉行所《きたまちぶぎょうしょ》の人間だと知らなければ、お澄たちを殺すついでに根付を落としていくという発想は生まれないはずなのに。

「情けない限りですが、私にはわかりません。『百人斬り』とのつながりも。唯一、断言出来るのは…」

茨木は鋭く虚空《こくう》を睨んだ。

「あの男は人間の姿をした『死』だということくらいです」

冬雲に関する疑問が何ひとつ解明されないまま、弥七郎の事件は順調に進展していった。

好文の合図で踏み込んだ捕物同心《とりものどうしん》たちは見事、弥七郎及び雨夜会の客を捕らえ、千助たちを保護したのだ。清次郎も無事だった。茨木の読み通り、手足を拘束《こうそく》されて船宿に転がされていたのである。

船宿は清次郎以外もぬけの殻《から》だった。清次郎の証言によれば、好文が去った後、豹変《ひょうへん》した冬雲によって当て身を喰らわされ、目覚めると誰も居なくなっていたらしい。船宿の人間も全員冬雲の仲間だったのだろう。

その後のお白洲《しらす》において、弥七郎は『あれはただの接待の酒宴《しゅえん》であり、子どもたちには給仕をさせていただけ』などと厚顔《こうがん》にも言い張ったが、好文が背中の桜吹雪《さくらふぶき》を見せ付けると一部始終を町奉行に目撃されていたと悟り、罪を認めた。お辰《たつ》を自殺に見せかけて殺したことも白状したため、清次郎の濡れ衣はようやく晴れたのだ。

自由の身となった千助たちは、幼い子どもを憐《あわ》れんだ駿河屋《するがや》卯兵衛《うへえ》が保護を名乗り出た。無罪を言い渡された清次郎も駿河屋で働けることになったし、卯兵衛は幸吉《こうきち》の一件で好文に恩義を感じている。子どもたちは今度こそまっとうな大人のもと、幸せに暮らせるだろう。

お澄と乳母を殺した犯人…冬雲はいまだ捕まっていないにもかかわらず、町人たちは北町奉行遠山左衛門尉《とうやまさえもんのじょう》を再び『さすがは英雄奉行様だ』と褒《ほ》め称《たた》えるようになった。化けの皮を剝《は》がれた弥七郎の真の姿が、あまりにおぞましかったせいだ。

弥七郎が捕らわれるまでに身体を売らせた子どもたちは、本人が吐いただけでも五十人近くに及ぶ。専属として寮に監禁されていた子どもたちは奉行所によって救出されたが、わずか六人で、残りの子どもたちの行方はわかっていない。

育ちすぎて客の好みに合わなくなったため、別の岡場所《おかばしょ》や陰間《かげま》茶屋に売られたか、最悪、持て余されて殺された可能性もある。助け出された子どもたちとて、心身の傷を癒《い》やすには長い時間がかかるだろう。

『仏の弥七』は一転『外道《げどう》の弥七』に堕《お》ち、諸々《もろもろ》の罪を合わせ、協力者の番頭共々獄門《ごくもん》を言い渡された。斬首《ざんしゅ》され、首を刑場に晒《さら》されるのだ。骸《むくろ》は山多浅右衛門《やまだあさえもん》に下げ渡され、試し切りに使われることになる。

そして一月後――いよいよ弥七郎と番頭の斬首が行われる日。

好文は町奉行に就任《しゅうにん》して初めて、牢屋敷内の死罪場を訪れた。二十年もの間姿を現さなかった山多家の当主、浅右衛門慈利《よしとし》その人が久しぶりに自身で処刑を行うと聞いたからだ。

絶対に反対されると思ったため、茨木が使いに出た隙を狙っての単独行動である。後で叱られるのは確実だが、そうまでしてでも確かめたいことが好文にはあった。

「こ…っ、これは御奉行。このようなところへ、お一人でいらっしゃるとは…」

町奉行の登場に、牢屋奉行は慌てきっていた。死は穢《けが》れと忌《い》み嫌われる。牢屋敷の、それも死罪場を訪れた町奉行は好文が初めてであろう。

「突然すまぬ。浅右衛門が久々に処刑を行うと聞いたので、顔を合わせておきたくてな」

「左様《さよう》でございましたか。当代の御奉行はまことにお役目熱心でいらっしゃいますな」

牢屋奉行はさっそく死罪場に案内してくれた。足を踏み入れて最初に目につくのは、人の膝の高さくらいまで土を積んだいくつもの壇——土壇場《どたんば》だ。斬首された罪人の骸はこの土壇に横たえられ、試し切りされることになる。

その左手の奥、壁沿いに植えられた柳の木々がゆらゆらと枝を揺らす前に四角い穴がぽっかりと口を空けていた。罪人の首から噴き出した血を受け止めるための血溜め穴だ。

穴の手前にはむしろが敷かれ、羽織袴《はおりはかま》に二刀《にとう》を帯びた男たちが三人控えていた。慈利とその門弟《もんてい》たちだろう。こちらに背を向けているが、二人は長身で筋骨逞《たくま》しく、一人は小柄でほっそりとしている。長身の方のどちらかが慈利なのだろうか。

そこへ、弥七郎と番頭が牢から引き出されてきた。どちらも後ろ手に縛られ、面紙《つらがみ》で目隠しをされている。

「たっ…、助けてくれ…、私は、私は旦那様を手伝っただけなんだ。まだ死にたくない…！」

染み込んだ血の匂いを嗅《か》いだ番頭がにわかに暴れ出すが、牢屋敷の役人たちは罪人の扱いに慣れている。たやすく押さえ付け、血溜め穴の前にひざまずかせた。小袖を引き下げて肩まで露出させ、首を伸ばさせる。

大刀《だいとう》を抜き、血溜め穴の横に進み出たのは小柄な男だった。今日は二人とも慈利が斬首することになっている。つまりあの男こそが慈利——『人斬り浅右衛門』。

大上段《だいじょうだん》から振り下ろされた刃《やいば》は一切の音をたてなかった。空《くう》を切る音も、肉と骨を断つ音も。

血溜め穴に転がり落ちた番頭の首は、面紙の下できょとんとした表情を浮かべているに違いない。己がいつこの世に別れを告げたのかもわからずに。死んだと理解するのは、閻魔《えんま》大王の前に引き出された後かもしれない。

次に順番が巡ってきた弥七郎は手向かっても無駄だと悟《さと》ったのか、粛々《しゅくしゅく》と首を打たれた。濃厚な血の匂いが漂う中、慈利の門弟たちは首無しの骸を土壇場に運んでいく。

「——お前が当代の浅右衛門か」

好文の呼びかけに、慈利はゆっくりと振り返った。その手に提《さ》げた大刀は、二人の首を落としたにもかかわらずひとしずくの血にも汚れていない。

「いかにも。山多家七代目当主、慈利にございます」

納刀《のうとう》し、折り目正しく頭を下げる姿は優雅ですらあった。きちんと髷《まげ》を結い、糊《のり》のきいた羽織袴を纏《まと》っていると、大身《たいしん》武家の当主のような品格が滲み出る。

けれど、いくら見た目が変わっていようと、死の恐怖と共に刻み込まれた面影を忘れるはずがない。今でもまざまざと思い出せる。この男の殺気一つで死を味わわされたことも、茨木を操られたことも、…明星と死闘を演じたことも。

「北町奉行、統山左衛門尉だ。…冬雲か、浅右衛門か。お前のことはどちらで呼べばいい？」

好文が問うと、かつて冬雲と名乗っていた男はわずかに眉を揺らした。黙ったままの男に、好文はたたみかける。

「永崎《ながさき》の父上から頂いた文に記《しる》されていた。代々の浅右衛門は罪人の辞世の句を理解するため、風流を学ぶのだと。当代の浅右衛門は俳号《はいごう》も持っているそうだな。…『冬雲』、という」

それは鷹文が弥七郎の一件が解決した祝いに寄越した文の中で、雑談として触れられた話題に過ぎない。しかし好文にとっては貴重な情報だった。二十年もの間、公《おおやけ》のお役目から遠ざかっていた慈利についての情報を持つ者は、奉行所の中でもほとんど居ないからだ。

慈利の俳号を知った時から、確かめなければならないと思っていた。慈利は冬雲で…茨木の父親なのか。その絶好の機会が今日だったのだ。

「……永崎奉行様が私をご存知とは。さすが長きにわたり幕政《ばくせい》の中枢《ちゅうすう》を占めてこられたお方でいらっしゃる」

「認めるのか？　お前は冬雲…お澄と乳母を殺した犯人であると」

「他人の空似と申しても、御奉行は納得して下さらないでしょう？　それに、私がお澄と乳母を殺《あや》めた証拠は一つもございませんよ」

しゃあしゃあと言われ、好文は言葉に詰まった。

…そうなのだ。月に雲の根付は誰でも手に入るものだし、犯行時、冬雲こと慈利は顔を隠していた。犯人と慈利を結び付ける証拠は一つも存在しないのだ。唯一犯人と対峙《たいじ》した高江《たかえ》とて、綺麗に殺気を隠した慈利とあの犯人が同一人物だとは思わないだろう。

「…何故だ」

ぎり、と好文は拳《こぶし》を握り締めた。こんな男が茨木の父親だなんて、あって欲しくなかった。

「何故、お前は実醇を捨てた。…お澄たちを殺し、あんな真似をさせようとした。明星とは、どんな関係なんだ」

慈利はやおら好文の腰に目を向けた。今日は町奉行として訪れたので裃《かみしも》姿だが、腰には脇差《わきざし》を差している。

「…御奉行は、刀の存在意義は何だと思われますか？」

「何……？」

「私は人殺し以外に刀の存在意義は無いと思っております。そして私は人殺しとして最高の才能を持って生まれ、七代目の浅右衛門にさえ選ばれた。本来なら私も門弟たちの中から最も才ある者を次代に選ぶべきでしたが……考えてしまったのですよ。どうせならこの手と血肉から最高の次代…人斬りを生み出してみたいと」

それから慈利は陽ノ本《ひのもと》の各地を転々とし、現地の女に種を蒔《ま》き、生まれた子に人斬りの技術を叩き込んでいったのだという。茨木もその一人だった。

「あれを捨てていったのは、見極めるためでした。庇護《ひご》する者が居《お》らずとも生き延びられるかどうか。北町奉行が無能の安房守《あわのかみ》から最年少の左衛門尉様に交代したと聞き、久方ぶりに恵渡《えど》へ舞い戻ってみれば、左衛門尉様の内与力に収まっていたのでさすがに驚きましたがね」

身分は浪人とはいえ『人斬り浅右衛門』であれば、町奉行所の面々を確認するのは簡単だったはずだ。長い間離れ離れだったにもかかわらず、今の茨木を見付け出せたのも納得出来る。

だが見極めるとうそぶきつつ、茨木が野垂《のたじ》れ死んでも慈利は罪悪感の欠片《かけら》も抱かなかったのだろう。慈利の言葉が真実なら、この男の子どもは陽ノ本の各地に存在するのだから。

「…それが何故、お澄たちを殺すことにつながったのだ？」

「試さなければならないと思ったのですよ。正直、あれは出来損ないでした。しかし今をときめく左衛門尉様の内与力にまで上り詰めたのなら、私の眼が曇《くも》っていたのかもしれない。だからお澄たちを殺し、根付を置いて行ったのです」

あの根付を見れば、茨木は必ず自分を思い出す。慈利はそう確信していたのだろう。それからは茨木がどう行動するか監視し、好文と共に捜査に乗り出すと知れば冬雲に化けて現れた。

全ては弥七郎や雨夜会の客たちを斬らせ、人斬りとしての才能を確かめるために。

…それだけのために、お澄と乳母は殺された。

「お澄と乳母を狙ったのは何故だ？　あの日は他にも流人《るにん》が居たはずだ」

「ええ、まあ、誰でも良かったのですがね。敢えてあの二人を選んだのは、鬼心《きしん》の三之助《さんのすけ》の依頼者だったからですよ」

どうして、とは問うまでもない。

三之助は山多家の専売《せんばい》であるはずの人丹《じんたん》を売りさばき、巨額の富を得ていた。八人居た流人の中からお澄と乳母が選ばれたのは、きっとその意趣返《いしゅがえ》しだ。それが無ければ殺されていたのは清次郎だったかもしれず、弥七郎の悪事も暴《あば》かれないままだっただろう。清次郎を救ったのは、皮肉にも慈利だったと言える。

「……では、明星は？」

正直なところ、すでに好文には予感があった。限りなく確信に近い予感が。

それでも問いかけたのは、縋っていたのかもしれない。予感をくつがえされるわずかな可能性に。

「播磨国《はりまのくに》に峰山藩《みねやまはん》があるのをご存知ですか？　恵渡とは比べ物にならないほど小さな、田舎の小藩ですが」

「……っ！」

知らないわけがない。播磨国の峰山藩。それは明星の故郷であり——愛する父親を奪われた土地だ。

明星が藩の人間を斬りまくり、『百人斬り』の二つ名で呼ばれるきっかけとなった土地だ。

「もう二十年以上前になりますが…私は放浪中、峰山藩にも種を蒔きましてね。芽吹《めぶ》かないと諦めておりましたが、まさかここまで育つとは思いもしませんでした」

『…そうか。……まさか桜の種が、芽吹いていたとはな』

あの夜の慈利の言葉がよみがえった。明星の様子がおかしくなったのはあの後だ。

……明星は…月雲十九郎《つくもじゅうきゅうろう》は、下級藩士の家に生まれたはずだ。

両親は貧しいながらも仲の良い夫婦で、明星を可愛がってくれたと言っていた。だから明星は両親を死に追いやった藩の人間を許せなかったのだ。

月雲家の家紋は桜。好文の背中にも刻まれた紋様。

慈利が蒔いた、桜の種──。

……そう、なのか？　お前もそれに気付いて、だからおかしくなったのか？

「あの種がどうも一番優秀そうだ。御奉行の傍《そば》に居るあれも、私に逆らってまで刃を向けられたなら、才能が無いわけでもないらしい」

呆然としている間に距離を詰められていた。

ずい、と近付けられた垂《た》れぎみの双眸から濃密な殺気がこぼれ出る。とっさに踏ん張らなかったら卒倒していたかもしれない。

「されど二人とも、御奉行次第で強くも弱くもなる。……さて、御奉行をどう扱えばいいものですかな」

意味深長に微笑み、慈利は去っていく。

まるで似ていないはずの後ろ姿に、好文は愛《いと》しい男のそれを重ねずにはいられなかった。

あとがき

AFTERWORD

―宮緒葵―

こんにちは、宮緒葵です。『桜吹雪は月に舞う』第二巻、お読み下さりありがとうございました。

このお話は同じくディアプラス文庫さんから発行中の『華は褥《しとね》に咲き狂う』シリーズのスピンオフでして、『華は～』シリーズより数十年後の恵渡《えど》が舞台です。『華は～』シリーズは全八巻で完結したばかりですので（イラストは小山田《おやまだ》あみ先生です）、そちらも併《あわ》せてお読み頂くといっそう面白くなるかと思いますが、もちろんこのシリーズ単体でも楽しくお読み頂けます。一巻目はディアプラス文庫さんから電子書籍で発売中なので、未読の方はぜひチェックしてみて下さいね。

『桜吹雪は月に舞う』シリーズの主人公は北町奉行《きたまちぶぎょう》です。『華は～』シリーズの主人公は将軍だったため、町方《まちかた》の事件はあまり取り上げられなかったのですが、このシリーズでは町で起きた庶民の事件を扱っていけたらいいなと思っています。私は昔からそうした事件をファイリングしておりまして、その時代ならではの事件もあれば現代にも起こりうる事件もあり、どれだけ考えても何故そうなったのかがわからない事件もあったりで興味深いです。

一話目の『奉行と閻魔《えんま》』は史実の江戸時代に実際に起きた事件をアレンジしたものです。有名な事件なので、ご存知の方もいらっしゃるのではないでしょうか。モデルになった閻魔像と寺院も実在します。

二話目に登場した山多浅右衛門《やまだあさえもん》慈利《よしとし》は、もちろん史実の山田《やまだ》浅右衛門がモデルです。いつか登場させたいと思っていましたが、ようやく登場させられました。慈利と茨木《いばらぎ》の関係、そして慈利と明星《あかぼし》の関係もこれからのお話の展開に大きく関わってきます。

好文の父、鷹文《たかふみ》の出番は今回ありませんでしたが、遠い永崎《ながさき》の地から色々と陰謀をくり出しています。鷹文の腕はとんでもなく長いので、こちらもこれからの展開に大きく絡んでくることになりますね。明星関連と鷹文関連で好文の前途もなかなか多難です…。

今回のイラストは一巻に引き続き笠井《かさい》あゆみ先生に描いて頂けました。笠井先生、お忙しい中お引き受け下さりありがとうございました！　再び先生の描いて下さった二人を拝《おが》めて本当に嬉しいです。次はぜひ鷹文も拝めたらいいなと思っております。

ありがたいことに『華は褥に咲き狂う』シリーズの主人公の祖父、彦十郎《ひこじゅうろう》のお話を来年書かせて頂けることになっております。皆さんの応援のおかげです。こちらは『華は～』シリーズの数十年前のお話ですが、『桜吹雪』シリーズにも通じる人物や設定が登場しますので、よろしければ読んでみて下さいね。

それではまた、どこかでお会い出来ますように。

この本を読んでのご意見、ご感想などをお寄せください。
宮緒 葵先生・笠井あゆみ先生へのはげましのおたよりもお待ちしております。

〒113-0024　東京都文京区西片2-19-18　新書館
[編集部へのご意見・ご感想] 小説ディアプラス編集部「桜吹雪は月に舞う 2 ～奉行と閻魔～」係
[先生方へのおたより] 小説ディアプラス編集部気付　○○先生

- 初 出 -
桜吹雪は月に舞う ～奉行と閻魔～：小説ディアプラス21年ナツ号（Vol.82）
桜吹雪は月に舞う ～奉行と人斬り～：書き下ろし

[さくらふぶきはつきにまう]
桜吹雪は月に舞う2 ～奉行と閻魔～

著者：**宮緒 葵** みやお・あおい

初版発行：2022 年 12 月 25 日

発行所：株式会社 新書館
[編集] 〒113-0024
東京都文京区西片2-19-18　電話（03）3811-2631
[営業] 〒174-0043
東京都板橋区坂下1-22-14　電話（03）5970-3840
[URL] https://www.shinshokan.co.jp/

印刷・製本：株式会社 光邦

ISBN978-4-403-52566-7 ©Aoi MIYAO 2022 Printed in Japan